你听，
寂寞在电影里
唱歌

马欣 著

The dark side of
the moon

只要不寂寞，
你什么都愿意做

CNS | 湖南人民出版社

图书在版编目（CIP）数据

你听，寂寞在电影里唱歌 / 马欣著. —长沙：湖南人民出版社，2018. 1

ISBN 978-7-5561-1884-7

I. ①你… II. ①马… III. ①电影文学评论—世界—现代 IV. ①I106.35

中国版本图书馆CIP数据核字（2017）第308469号

NITING JIMO ZAI DIANYING LI CHANGGE

你听，寂寞在电影里唱歌

著　　者　马　欣
责任编辑　姚晶晶
装帧设计　刘　伟

出版发行　湖南人民出版社［http://www.hnppp.com］
地　　址　长沙市营盘东路3号
邮　　编　410005

印　　刷　长沙湘诚印刷有限公司
版　　次　2018年1月第1版
　　　　　2018年1月第1次印刷
开　　本　889 mm × 1194 mm　1/32
印　　张　9.5
字　　数　165千字
书　　号　ISBN 978-7-5561-1884-7
定　　价　42.00元

营销电话：0731-82683348（如发现印装质量问题请与出版社调换）

《沉默之声》

赛门与葛芬柯

人们对着自己手造的霓虹神像，虔诚地跪拜祷告，然而警示已经出现，在逐渐成形的话语里，警示中写着：“先知的话语是写在地铁的墙上以及出租公寓的大厅里”，在各种沉默之声中低回不已。

新焙的寂寞

蓝祖蔚（电影书写人）

寂寞的滋味，我想人人懂得。寂寞有新，有旧，却是马欣教我的。接到《你听，寂寞在电影里唱歌》的初稿时，我急着把PDF文档印成了纸本，飞快浏览起全部章节，每个章节至少都是一部电影吧？可有我偏爱的？

坦白说，我有些失落。

没有《毕业生》，没有点名那位拿牙刷上宾馆偷情的班杰明。没有《奇境》，也没书写Nadia、Debbie和Molly这三姐妹，看她们如何叹息身边的男人如此不成材。

没有《美国往事》躲在鸦片馆里不敢面对兄弟，让电话铃声连响九分钟的“面条”。

当然，也没有《爸爸去出差》，那位撞见老爸偷情，就开始梦游的马尔克。

更没有我钟爱的寂寞极品：《甜蜜蜜》中曾志伟悄悄纹在背上的那只米老鼠。

就在颓然合上书页的刹那，我更失落了。

是的，看到“当代寂寞考”的书名时，我明白了。我沉迷的是旧酿，她卖的是新焙。

我的爱，都是二十世纪的老古董了，那些泛黄胶卷，如今还有多少人会时时勤拂拭，不使惹尘埃？马欣的笔，直接从二十一世纪切入，从艾米丽、萧红到《黑天鹅》的妮娜；从《纸之月》的梨花到《东尼泷谷》的惠子；从小王子、查理布朗再到《怪物之子》；从《哆啦A梦》到《指环王》的咕噜……，从欲望到女人，从纯真到无邪，从撒旦到小丑，那些在暗夜中找不到同类的各式青鸾，都已悄悄栖停在书页上，用嘴爪舔拭着自己的伤口。

写了三十多年的电影文字，看到毫无观点，只有剧情重述的文字，我总是很快就沉沉睡去，看着马欣的文字，我却似乎看见了《机器人总动员》中那位方方扁扁的大眼瓦力。

对不起，我想起的不是形体，而是心态。

地球都成了废墟，胖主人全都飞天去了，唯独瓦力还能乐此不疲地整理垃圾。

他和一般拾荒者有共同癖好：好的，就留下来再利用吧。马欣煮字，一如瓦力，用心精炼着，滚沸着。

马欣和瓦力各自拥有自己的《我爱红娘》，每一段歌舞，都是心情呢喃，让人莞尔，也让人低回，虽然，马欣在黑暗中更加自在，她比谁都享受。

与电影的对话。看着她总爱把电影拆开来看，倒过来看，甚至用书信体的方式替角色代言时，你难免就会想起《像我这样的一个读者》里的西西。

诗人杨牧在他的《孤独》一诗中这样写着：

孤独是一匹衰老的兽
潜伏在我乱石磊磊的心里
背上有一种善变的花纹
……

马欣还年轻，磊磊的文字有如电影积木搭建出来的迷宫；她笔下的电影脉络，同样有着善变的花纹，总是让你迷惑，让你意外。看完她的书，你会叹口气，大口把寂寞饮进肚中，酩酊地朝梦乡行去。

目 录

辑一

生而为人的寂寞

世人总把自己高抬为小王子，
其实我们是那朵玫瑰。

我们因孤独而自由

——《小王子》的小王子

能留住小王子的注定是孤独的人，因为他颠覆了这世界的规则。这个充满了幻术的商业时代，到处是森森罗网，唯一捕捉不了的只有人思考的自由。但爱思考的人在这世上一定是孤独的，而孤独正是小王子的本质，小王子哪是大人与小孩的对照，他是扎扎实实大人的铁血选择。

小王子那天出现在我附近。一如往常，他看了一下星空，没说什么就走了。这样的日子稀松平常，可能你也见过他，他很少听你说话，但是会问你很多问题。

“你们为何总是要排队，要一起前往哪里？”

我不知道，于是试着远离排队的方向，往别的地方走走看，嗯，其实也有路可以走。等我回头时，人们还在排队，我发现有人花了一辈子在排队，一直排到白发苍苍。

“你们在排什么呢？”小王子开始问那些排队的人，每个人的答案都不太一样，但却都在排同一条队，“听说前面有好东西。”他们说。

“你们为何很少一起看天空与星星？”小王子问我。于是我看天空时，比看人时还专心。

“你们有试过哪一堂课，可以集体好好思考，不说话吗？”于是我偷偷在老师念八股的时候，自学些别的。

然后长大了，小王子还是会不时出现，他始终是我隐形的朋友。因为会思考，所以会孤独，而唯有孤独了才有可能自由，我看着他，受了他的影响。

他当然不管我的独白，他还在观察。他发现我们这里有更多收集星星的商人，“跟我星球上的面包树一样快蔓延开来了。”

需要掌声的礼帽男士则大批移居到网络世界中，那里的人们掌声如雷，如洪水般汹涌，“有些人忙到帽子几乎没时间再戴上了。”小王子说。

“你们每个人都低着头，是自己活在荧幕里面吗？”他探头问。没有，这次我真的低下了头。

自从认识小王子这隐形的朋友，便知道自己是孤独的，但这没什么不好。

“试着闭上眼睛，再睁开来，还是觉得自己哪里都不在吗？”小时候自己曾认真这样想过，老师与父母规定我的去处，是否是“真的我”在的地方？还是另一个我正在神游？是否有办法逃脱？

电影《小王子》里的小女孩从有意识以来，就在扮演妈妈跟老师想要的角色，唯独不知道“自己”躲到哪里去了？

“我可以出来了吗？”那个不知道叫什么的“自己”这样怯声问着，但周围什么都没有，也没有人回答过他。

他的主人每天按母亲的计划表生活、学习，学校所有的学生都被要求齐头并进，人人都是老师的乖学生。

“我可以出来了吗？”日子久了，仍有人在柜子里问，声音沉闷而低哑，像是经过了一个长长的时空通道，声音的灵魂已经被吸走了一样。而他的主人还是没有听到，因为眼前课本的公式太复杂了。

电影中计算着人们呼吸的空调、饮食的加工、灰冷的长廊、工整的社区、闲置的生活用品以过度鲜艳的颜色杂放在一角，窗外的景色像幅挂画一样，有路人经过时，才知道它会移动的。有些“自己”发现他可能一辈子都没有机会再出来了。

那另外一些呢？某个被压抑的“自己”醒得早，在摇篮中看着母亲温柔的笑容，记忆存档着父亲总张罗什么的背影，记得他们为了逗笑你而做的鬼脸。再长大点，你听着街角摊贩的叫卖声，知道这声音过后，通常天色就要暗了，快要暗下来的那几分钟里，世界像等待什么一样特别安静。

像跟这神奇的一刻交换秘密一样，我们对自己的孤独心照不宣。

到童年时，你会慎重地藏起自己敏感的特别的那一面，怕人把那个深藏的“自己”给揪出来。什么是讨喜的，什么是符合多数人期待的，研究一下，多多少少都可以配合把自己雕琢成那个模样。那是保留“小王子”的方法，闭上嘴巴，把“他”收在脑袋里的一个密室，那里叫“B612”，是某些敏感小孩们的共同秘密，心里暗暗知道有一天小王子或许将借由这个密室逃脱。

青春期到来之前，我就有这样的预感，我与这社会将会是互动频繁的陌生人。毕竟这世界越来越像是商人营造的幻象世界，早在圣－埃克苏佩里创作出《小王子》的时候，它就是这样子。房子是为了身份，不是为了居住；衣柜里的衣服堆积如山，衬得人心个个赤条条；高楼都在攀比着直冲云霄，上升，再上升，只有人在降落；大幅的广告牌在霓虹灯里招摇，勾引着人心里密密麻麻的欲望。而人这个单位一直在缩小，头角峥嵘，要出人头地，要功成名就，于是眼下全是蝇营狗苟。凡能把真的变成假的，就可以增值赚钱，这世界是由魔术师在掌控，买到的都不是本相。

“重要的事情，眼睛看不见。”小王子说，可惜我们眼睛贪食，一路吃得火眼金睛。

于是我们的孤独，是我们投的反对票。

转眼间，我们的居住地就跟小王子的星球一样小，但他说天上有星星，鸟群一飞，拉着他哪里都可以去。敏感的人们遂钻进了“B612”，去寻找一些慰藉。

“B612”其实就是一个独处的空间，里面有被你遗忘的抛弃的真实的自己，生长着你最爱的玫瑰。

今天小王子又出现在我身边，我们静静地待了一会儿，我忍不住问他：“你早知道吧？我们有一天会没星星可看。”

这时我仿佛看到圣－埃克苏佩里，他说：“那就用你的想象力去看星星。”

“你该是多么寂寞，才会写出一个小王子？”我问圣－埃克苏佩里。

“不就跟你一样寂寞吗？”

“小王子”只是个选择，跟你是大人或小孩并没有关系，它是你我在这虚构世界里，唯一能够抓到的那一点真实。而小王子的孤独是一碗酒酿，让人松散醉卧其中，去对抗世界的天罗地网、规矩方圆，那就是小王子的自由啊。

这不是童书，是孤独人永传的星火，“B612”是个密码，带我们前往沉思者的天堂。

亚历塞维奇

一九九零年代，我们曾经很天真地相信，马上就能获得自由，但自由需要自由人，而我们现在还没有自由人。

《小王子》为 2015 年的跨国制作动画电影，改编自法国作家圣－埃克苏佩里的同名畅销小说。小说出版后，多次改编成动画及电影。2015 年的动画电影由《功夫熊猫》导演马克·奥斯本执导。电影故事从成长于普通家庭的小女孩带出，母亲对她抱予极大期望，希望她能出人头地，由于母亲忙碌，她多半一人独处。某日当她在念书时，一张附有文字的图画随风飘在她的书桌上，图上画的是《小王子》的故事内容。因这张画及老人所说的故事，她踏进了小王子的奇幻世界。

文字是会复活的灰烬，
只是要用生命来烧。

如此人间，宁愿失格

——《黄金时代》的萧红

有些果实原本是向天上长的，后来落了地，长成了野草，我们看她这样满地疯长，像是土地做了一场荒诞的好梦。天才在人间，原本也就是尝试无数次飞翔后的迫降，萧红的人生就是一场在笼子里飞翔的长征。

那些红的、绿的、黄的果实，总在黄昏里异样的芳香，落在地上的已经化为沃土，生出小嫩芽，窜出各种小虫来，这些自开自落的花草果实啊，一到春天就醒过来恣意生长着，紧紧抓住机会铺天盖地地活着。“庭院”这个巨大的生命体，孤独地生长着、繁盛着，到冬天又兀自睡着了，人们也没发现，这巨人曾一把抱起了童年的小萧红，把她放在肩膀上，任她爬溜玩耍，让她感受到世界是如此的生意盎然，也让她感受到生死没有来由的无常。

电影中小萧红形容她老家的庭院，乏人打理，却一季季生出各色瓜果，那汁液浓烈之气，几乎要惊醒屋子里的人，好险。他们还执着于酣睡，小小地偎在火光旁、小小地活着。萧红的爷爷在炕上烤橘子，安慰她说：“没关系，长大了就好了。”小萧红是女孩儿，不被一心只盼功名利禄的父亲所关注，还不及等她长大，就为她安排了一门亲事，对父亲的脸面有益、对家族也有交代的一门婚事。少女萧红逃跑了，她跟花园里的瓜果一样，熟了，就想飞，殊不知有可能就此落了地，但是哪怕坠落，也是她自己甘愿的选择。她说：“不错，我要飞，但与此同时我觉得，我会掉下来。”

这个女人，是民初的天才型作家，写作天分是她的羽翼，而在当时动荡不安的时局之下，即使她那振翅声啪嗒作响，也只是原地的飞行。她是萧红，哪怕连滚带爬的，都不忘死命拍打翅膀，正如她所说的：“女人的天空是低的，翅膀是稀薄的。”但不振翅，怎么知道自己还有那片天？一个果子依傍着一片天空，一个女人，在那个时代，究竟拿什么来安身立命？

她的出逃，在家乡引起了轩然大波，家运也跟着没落了，跟那一园的果子一样没人打理，而她这次出走，便再也没有回头，中间仅辗转回过一次家乡。有一次碰到弟弟，弟弟苍白的脸、瘦弱的身影压迫着她，她也瘦到只剩把骨头，两人生疏地聊着，弟弟言语里颇多埋怨。她为这时空写下注解：“初冬，我走在清凉的街道上，遇见了我的弟弟，咖啡店的窗子，在帘幕下挂着苍白的霜层，我把领口脱毛的外衣搭在衣架上。”此后，她与弟弟多次擦肩，竟是越走越远了。

她的路上，等待着太多的生离死别。她像只壁虎，尾巴断掉，痛一痛又长出新的强悍。穷困潦倒的她找到被她悔婚的人要钱吃一顿饱饭，她狼吞虎咽地吃，谁觉得她丢脸都无所谓。她的翅膀已经千疮百孔，她的飞翔摇摇欲坠。“筋骨若疼得厉害，皮肤流点血，也就麻木不觉了。”她平静地说，这些字句却似大江大海般的汹涌。《呼兰河传》里的麻木不仁、听天由命，《生死场》里糊糊涂涂的生、乱七八糟的死，都出自这个一生都无立锥之地的人。

当萧军碰到她时，她什么都没有，欠了饭店钱，被赶到小仓库去住，整个人在昏暗的光线里显得零零散散的，周围是她的画和她的文稿。对于文人兼革命者萧军而言，那近乎是接近诗意的存在了。萧红为什么殉道般活着？他不知道，那种焚烧一切哪怕一无所有的活法，他不敢。于是他回忆道："我此生还没见过这么美的人。"那不是一般审美的表达，而是在荒原中发现了他想象的终极意义。

电影里，萧红总是哪里有光，就窝在哪里伏案书写。她没有伍尔夫的"自己的房间"，只要哪里有光，就从哪里蔓生开来，像爬藤植物一样顽强，她在光与灰尘中写道："后来我才知道，生活就是个缓慢受槌的过程，人一天天老下去，奢望也一天天消逝，最后变得像挨了槌的牛一样。"哞的一声，她往自己的际遇走去，只要还活着，只要还能写。她像她笔下的人物，每日瞧看天色，卑微又强壮地祈求一丝希望。时间看似安安静静的，压过来却让人粉身碎骨。

她的生活充满了风暴雨雪，在跑、在逃、在奔命。她跟萧军同居的那段时间，是她人生中唯一一段相对和煦的时光，寒夜里，两人到工寮餐厅奢侈地共喝一碗汤；风雪中，萧军拿着仅有的碎银买点硬面包，两人吃着、啃着、舔着，品味这艰难的生之滋味。两人在文坛携手闯荡，赚微薄的稿酬，认识了前辈鲁迅。

那个时代，有很多青年身形消瘦，咬着牙、生着气，把自己丢到革命的锅子里烹煮，把希望当柴火在烧。热血的萧军参加了志愿军，有了很多同志。萧红在其中很尴尬，既不左派、也不右派，她不想把时代扛在肩膀上，她的文字是小百姓的日日夜夜，她渐渐地走远了，离开化身成一组队伍的萧军。

她曾像卖火柴的小女孩卑微地跟萧军许愿："我只是要一个安静的地方写作。"而男人终究还是她的一片天，已成名的她仍为萧军誊稿，被萧军打了一拳，仍开玩笑圆场，倒是男人毫不在乎地说："就是我打的。"那时男人已不是她的天，却好歹也是个屋顶。为这个安静写稿的地方，她找遍大江南北，却换不得一间写作的斗室，终生跟老家后院的果子一样，拼命地往天上挤，再拔尖，也只能在一个枝干上探头。

她没有故乡，"去的地方都是我的故乡"。她依靠不同的男人，借此跟命运偷点时空来书写。在文坛上，除了萧军的圈子，她也没什么朋友，"寂寞得好像大马路上的一棵歪脖子树"。后来她怀着萧军的孩子嫁给端木，选择用婚姻来避难，却被男方亲友冷眼以待。"我在想，我写的那些东西，以后还会不会有人看？但是我知道，我的绯闻，将会永远流传。"

她一生漂泊，身子骨早就不中用，人们慌乱地四散逃命，她瘫软在床，不停地写，哪怕在人群里抢个地方多写两个字都好。

她说："此时此刻，就是我的黄金时代。"

从岁月里抢到一点时间，一分一秒都是珍贵的，奈何身子坏了，偷来的时间也锈掉了，席子一卷，就这样死在路上。

人终究是不能飞的。

“似水流年是一个人所有的一切，只有这个东西，才真正归你所有。”

她与张爱玲同列为近代才女，一生铁打般的文字，都诞生在寻找“自己房间”的漂泊路上。凡被文学所召唤的，自有羽翼，而这些翅膀或被折损或被燃烧，在每趟试图飞行的路上，解体迫降、零落成泥，又在淤泥里开出花，结成果。

尼采

一个人知道自己为什么而活，就可以忍受任何一种生活。

《黄金时代》，此片为讲述民国时期四大才女之一萧红一生的电影，由许鞍华执导。主要角色多达十几个，包括鲁迅、丁玲等现代文学史上的知名作家。许鞍华因本片赢得第三座金马奖最佳导演奖和第九届亚洲电影大奖最佳导演。电影描述萧红颠沛流离的一生，由哈尔滨、青岛、上海、武汉一路漂泊到了香港。1937年，萧红、萧军和几位东北的流亡作家组成了“东北作家群”。其后，萧红与端木蕻良相遇结识，怀着萧军的孩子与端木蕻良结婚。最后在沦陷区的香港因病逝世，享年31岁。

『快乐』意外地发现，
它就在那儿一个上午，
却没有人认出它来。

你想要
快乐吗?

——《天使爱美丽》的艾米丽

“快乐”走丢了?

为何周遭的人，都把“快乐”变成了阿汤哥在执行的“不可能的任务”?

艾米丽化身为蒙面侠苏洛，抢救岌岌可危的“快乐”。

可是“快乐”不就在那儿吗? 怎么没人认出“它”来?

所谓快乐，一旦被绑住，你就失去它了。

当年看《天使爱美丽》时，感觉相当熟悉，看她拍摄兔子云朵，我想起幼儿园时很爱观察墙上苔藓的形状，“老师，这些苔藓长得好像熊跟人啊？”我兴奋地说。后来被乖乖拉回教室练三角铁，但我满脑子都是苔藓世界里上演的人熊大战。

我不明白，单纯的快乐，为何被阻止呢？

不用靠任何外界因素，自己用心且着迷地去找快乐，原来会被骂的啊。

“那大人的快乐是什么呢？” 老师说：“我们这学期要为班上争取仪容之荣耀！”但我幼儿园制服的蝴蝶结总是松脱，绑得歪歪的没精神。

我们从小就被教导，“快乐”是不能没有理由的：成绩不好，你怎么还笑嘻嘻的？没有大家都有的爆款手机或手游，你还乐呵什么？没有吃到最红的芒果冰，没看过最火的电影，怎么还能摆出一副没关系的快乐模样？

“但快乐又没在前面跑，人们都在猛追什么啊？”这样问的我，应该会被当成很奇怪的人吧。

艾米丽让我想起太宰治，他们都是在起跑线上耍赖打滚不愿长大的小孩。如果艾米丽生活在太宰治的时代，会不会跟她养的金鱼一样，一再试图自杀呢？太宰治在他那压抑的求胜心切的时代里，他的“快乐”显得那么抱歉，因为他的快乐没有带着荣耀，他的一生主张有“不快乐的自由”，而艾米丽是“快乐有它来去的自由”。还好，艾米丽生活在相对自由的法国，在家自学的她，从小没有老师帮她画人生重点，也没有同侪效应（他们会影响你的快乐清单），她有大把时间捡拾别人忽视的细节，以在黑暗戏院里观察四周人的表情为乐。

她活在自己的幻想世界里，生产着享受着自己的快乐。而她周围的人，却好像患上了“快乐强迫症”，其用力的程度，堪比阿汤哥在《谍中谍》里攀爬摩天大楼。

艾米丽的父亲一定要把鞋子并排擦亮、定期把抽屉里所有东西倒出来重新摆放；艾米丽的母亲，有莫名奇妙的洁癖，喜欢修整别人与修剪自己，“一个冷冰冰，一个神经兮兮”。而艾米丽的邻居太太是寡妇，一直找寻偷腥丈夫死前爱他的证据；报摊女老板以谈论他人八卦为乐；无事可做的男人守在咖啡厅，等自己也不爱的前女友回头；水果摊的老板是个妈宝，十五岁了还让妈妈帮他刷牙，于是以更强的控制欲回报员工…… 他们非常用力地在快乐，互传大量的笑脸与鸡汤，以为“快乐”反面一定是忧伤，紧张兮兮地担心“快乐”跑掉了，把“快乐”当人质一样关起来，“拜托，只有这件事不能夺走啊！”有人抱着他的鞋子、有人抱着她的信、有人搜寻新的八卦，“快乐”竟成为他们不快乐的原因。

但艾米丽不，快乐不一定跟自己有关，于是艾米丽会注意趴在证件照机器下的男人，想帮玩具盒找到与它失散四十年的主人，会为父亲的陶瓷娃娃安排世界旅行，她知道快乐从头到尾都是属于“它”自己的，你只能跟它相遇，或找寻它，但当你一定要把快乐跟你画上等号时，你们俩就要命地不快乐。

它是生命中的“红气球”，披头士的*Across the Universe*里这样唱着：“Nothing ’s gonna change my world.”这车水马龙的世界有一个你在工作在生存，而另一个隐密世界则有个“艾米丽”在玩耍在生活，她在邀快乐共舞，直到有一天散场，也不遗憾舞伴终会离开彼此。

电影的后半段，艾米丽也开始跟四周的大人一样，因担心失去爱情而闷闷不乐，不再留心身边的云朵与陌生人的表情，这时有默契的“快乐”屏息以待，等着艾米丽鼓起勇气大胆去爱。谁也无法预料最后的聚散，但此时恋人的怀抱已足够温暖，修满“快乐”学分的她，谁也不担心她会落到如某些人“若没有这个，我就毁了”的境地。

这就是人最基本的“自由”吧，真正的“自由”是不快乐也是种自由。强制分配自己情绪的比例，一感到稍微不快乐，就要赶快去排队吃草莓松饼，找寻任何消费得起的“特效药”，这样，快乐终其一生也没机会认识你，因为它躺在草皮上、趴在树上，有时它经过你的身边，发现你在通缉它，就会跑得远远的。快乐其实没有名字，唯独在你认出它时才有意义。

这很像某日早上有一只橘猫闪过巷口，你跟着它的步伐，它会回头看看你，然后一溜烟又不见了，那一瞬间，你因找寻它而快乐，而它终非你所有。

威廉·莎士比亚

因你所见，将使你的热爱更强烈，热爱那即将离你而去之一切。

《天使爱美丽》由奥黛丽·塔图主演，鬼才导演让－皮埃尔·热内执导。本片于2001在法国上映，票房极佳，展示了一个小女孩视角看到的奇幻世界，运镜与美术相当杰出。故事描述法国女孩艾米丽童年在孤单中长大，母亲因意外事故去世，父亲封闭自我。长大后，因黛安娜王妃不幸身亡，意识到生命脆弱，开始帮助身边的人，想要为他们找回快乐。本片曾获得欧洲电影奖最佳影片，英国电影学院奖最佳原创剧本、西班牙戈雅奖最佳欧洲电影奖、法国凯撒电影奖最佳影片以及奥斯卡最佳外语片提名。

没有人可以定义
他人的幸福。

写给大雄的一封信

——《哆啦A梦：伴我同行》的哆啦A梦

大雄，一生找到一件能让自己快乐的事情是最重要的，所以我一直都没有要你考第一名，给你任意门，也不是要你偷看静香洗澡，而是让你了解这世界有多大，未来有多少变量。优等生多数控制欲强，要控制未来所有可能，因此不容易快乐，而你这个别人眼中的loser，因为落单，才有可能捡起他们错过的珍贵价值……

2185年，被外星人殖民的人类依命令归返地球，挖掘仅剩矿产时，发现一个废弃的蓝色球状机器人，型号已不可考，推断应该是早期研发出的机器人，读取它的资料，发现为“哆啦A梦”系列，是日本早年家用机器人的第三代，里面的多数资料已变为乱码，只有一张标记为“铜锣烧”食物的照片、20世纪某位少年与早期巷弄的图档，还有一封名为“给大雄的一封信”的文件仍能读取，资料被提取后，该机器人已经无法重新开机。

亲爱的大雄：

在我告别了上了初中的你，返回22世纪后，发现22世纪已经变了样子，供给人类的氧气与粮食变得很有限，人类种植出来的温室作物只能供给部分买得起的人，于是地球人开始抢夺资源，变得一团乱。这个世纪已经没有铜锣烧这样好吃的食物，还好我能靠充电维生，但因为政府开始限电，我一天只能开机两小时，我怕以后无法开机，进入休眠状态，于是我有时会透过时光电视，来偷看你。你们那边还是阳光普照啊，巷弄里仍听得到鸟叫声，真好！我好想念跟你用竹蜻蜓飞翔天空的日子，22世纪的天空都是雾霾，再也看不到蓝天白云。

大雄，你都上了初中，但上周看到你的期末考数学还是45分，没有一点长进啊。体育细胞还是那么差，又害大家输球，被技安揍了一顿，还被小夫逼着当一周的值日生，大雄，你回家是不是又偷偷哭脸了？

大雄啊，回22世纪后，我一直很想念秉性善良的你，如今很难找到像大雄这样为人着想的好孩子，大家都饿疯了似的红着眼你争我夺互相厮杀，你的曾曾孙子还保有你的善良，他自愿前往外太空为人类找寻新的居住地，但很久了，也没有回来。

大雄，人类要长大很不容易吧，这是我陪伴你的那些年的感想，你不知道同学为什么要欺负你，你也时常感到自己不够好，你每次都说："我做不到，怎么办？哆啦A梦。"其实，我发现很多孩子都会这样想，对自己没信心，有时求助老师会被欺负得更惨，回去跟父母讲，他们自己的问题都解决不完，对你的小焦虑嗤之以鼻，不然就会告诉孩子："你把书读好，一切问题都解决了。"真的是这样吗？

大人希望孩子们按部就班地长大，小夫以后可以靠着家人找到工作；技安中年以后会变得很安静或很暴躁，因为他不知道怎么用身体语言之外的方式与别人沟通；聪明的静香会衣着光鲜去大企业工作，但也许会在中年以后的某一天下午若有所失，突然想明白自己真正想要做的是什么。

而你，我亲爱的大雄，还是会活在你最擅长的后悔里，原地打转，有了妻子与孩子仍觉得孤单，因为你把什么都放在心里，嘴上只会说“好好好”，你偷哭时还是会喊着我的名字。这样让爱你的我很伤心，长大的你善良而疲倦，始终不知道怎样对自己比较好。

其实世界上有好多个大雄啊，本性善良，不想带给任何人不便，在众人面前就显得局促不安，内心怀有好多梦想。他们从学校能拿到的人生地图却像迷宫一样，不知该走哪条路好。因为学校教授的是幸福，但人比较能得到的其实是快乐，你们人类总一个跟一个地走错路，幸福被宣传成是永恒的终点，每个人孜孜以求。于是囤积大量粮食与财富，把身边塞得满满的，自己却空了。但大雄，你才是最有可能得到快乐的人，因为你资质中等，没有人会逼你拿第一，也不会有家庭的压力逼你必须成功，你有时间去发现属于你的快乐，像你爱发呆、爱看漫画、爱乱涂鸦、爱自由，你不懂老师讲的那些进入社会的“通关密码”，你有想象力可以构筑另外一个世界，有机会把你大量的童年幻想写下来、画下来，让其他人也可以去你的世界。

大雄，你会在后面落单，很可能是为了要去做别的事情，一生找到一件能让自己快乐的事情是最重要的，所以我一直都没有要求你考一百分、得第一名，我给你任意门，也不是要你偷看静香洗澡，而是让你了解这世界有多大，未来有多少未知变量，优等生多数控制欲强，要控制未来所有可能，但你这别人眼中的loser，才有可能捡起别人不要的技艺与珍贵价值。

因为我在22世纪看到的都是计算机代替人在画画与唱歌，人们都慌慌张张赶着要幸福，怕别人有的自己没有，没有人在乎这些美丽的艺术，也没有真正的快乐。我却好想念跟大雄在一起的快乐，在屋顶看星星，大口吃铜锣烧……那个没有机会成功的你，被同学嘲笑的你，如此愚笨又天真的你，却让我在你身边不只是个机器人。

很想念大雄，请不要忘记我跟你曾有的天真童年，失败不只是成功之母，它有时是为了告诉你，其实还有别的路可以走，人生不是只有多数人追捧的那个价值。

对一个机器人来讲（程序关闭倒数中……），大雄是我记忆里最美好的主人与朋友，没有大雄，铜锣烧的滋味也开始苦涩起来。

哆啦A梦169833号

约翰·列侬

有人曾问我长大想做什么，我写下“快乐”，他们说我没听懂问题，我说他们不懂人生。

《哆啦A梦：伴我同行》是为纪念《哆啦A梦》之父藤子·F. 不二雄诞辰八十周年的首部电影，于2014年上映。电影内容结合了《从未来之国千里迢迢而来》《大雄的结婚前夜》《雪山上的浪漫史》《再见哆啦A梦》和《哆啦A梦回来了》等动画片的经典剧情，由八木龙一与山崎贵共同执导。

所有欲望迎来的，
都是朝生夕死的本质。

血与火世界里的抒情

——《权力的游戏》的提利昂·兰尼斯特

提利昂是冰火世界里最后一抹抒情的存在，人们多想嘲笑他，就对他仍有多大的盼望。

他生来是个侏儒，不符合任何人的期待，心里只有家族没有家人的父亲视他为奇耻大辱，姐姐咬牙切齿地恨着他，世人拿他当作饭后的笑话。他高贵的出身像是一个讽刺，他披着兰尼斯特的头衔，每个人都想把他踩在泥里。他有一种哀伤的骄傲，知道自己身体扭曲，就拼命充实头脑。

他只能靠自己，左冲右突或是左右逢源，他那疲惫的双眼，如潜伏在黑暗中的野兽一般，深刻而锐利，洞察着四周。他假寐在酒色之中，以颓废做掩护，不让人发现发现自己在思考。

在《权力的游戏》设定的时代里，读书是少数人的机会与特权，专属于大学士、部分贵族的。其他平民从出生起就被剥夺了学习的权利，读一本书对他们来说太奢侈了，知识会让他们发现生活的真相，进而让他们无法承担生活的重量，那会成为压死骆驼的最后一根稻草。他们不能也不愿从噩梦中醒来，不醒来，还能在这个残酷血腥的世界里浑浑噩噩地生存。

时代如此荒唐，甚至承受不了一本书的重量，正是《权力的游戏》比权力斗争互相厮杀更残酷的地方。

在《权力的游戏》里，死亡经常来得措手不及，“血色婚礼”史塔克家族差点被灭门。

而提利昂，屡次在刀口下保住了小命，他集合了一百万种应该死的理由而幸存着，他的角色魅力在于：他的身形如此丑陋，他的举止如此放荡，但却有着最智慧的头脑和最干净的内心。

在现实世界里，瑟曦的美色可以用来联姻，哥哥詹姆的英俊是要用来彰显家族的，外貌是筹码，也是利器。矮小的提利昂，丑陋的提利昂，被这个世界驱逐，就像他自己说的："我的一生就是对侏儒的审判。"身体对其他人来说都有功能性，人们靠身体来做角色扮演，把自己藏在角色的后面，只有他，无处可躲，无处可去，赤裸裸去拥抱现实。

也因为没有肉身竞逐，他有时间与机会看别人认为的"闲书"，好在精神上能飞天遁地。所以当琼恩·雪诺问他："你为何要一直看书？"提利昂说："我的思想就是我的武器，思想需要如剑磨石一样锋利，因此我需要阅读。"

维斯特洛大陆上的活物与尸体，生死都在一瞬间，欲望风暴又日夜不停地摧毁着每一个人的内心，人人都为欲望朝生夕死。提利昂在被判处死刑前，提到他的表哥日复一日地机械地砸甲虫，哐哐哐，哐哐哐，毫无缘由地痴迷于这种杀戮的游戏。跟剧中很多角色一样，迫害他人是为确定自己在食物链的上端，没有人会去同情甲虫，也没有人质疑杀戮。只有提利昂，价值这紧箍咒对他松了绑，让他成了目睹一切关心一切思考缘由的观众，他的存在像一束光，凿破了权力笼罩下的黑暗，让我们不那么绝望。

我们的时代其实离《权力的游戏》没这么遥远，如汉娜·鄂兰在《人的条件》一书里提醒过的，现代社会作为一种劳动和挥霍型的社会，人降格为“劳动的动物”，劳动以外的时间只会花在消费上，且主要集中对生活过剩品的消费上。这是个人人都在穷忙的时代，每个人都在消弭自己的个性，忙着用各种标签装饰自己。就像剧中泰温·兰尼斯特和丹妮莉丝会如此执着于名号，因为他们跟我们一样，活在悬崖边上，而崖下是乌泱泱一片面目模糊的无名者。

而提利昂像是一滴冷墨，划过血色天空。他是这个充满血与火的世界里，最后一抹抒情的诗意的存在，人们对其有多想嘲笑，对其就有多大的盼望。

马格斯·朱萨克

文字喂养人的灵魂。

《权力的游戏》为 2011 年开始播出的美国知名剧集，改编自美国作家乔治·马丁所著的史诗奇幻小说，其中提利昂·兰尼斯特是泰温公爵和乔安娜夫人最小的孩子。因为是个侏儒，他被戏称为小恶魔和半人。他以自己的智慧屡次化险为夷，并帮助兰尼斯特家族赢得了五王之战，但众人却诬陷他为弑亲者，成了通缉犯，踏上流亡之路。提利昂由彼得·丁拉基扮演，他因饰演此角而获艾美奖、金球奖的演技肯定。

辑二

金字塔底的寂寞

这世界这么开放，
但有时是没有门可以进去的。

谁来原谅贫穷的原罪？

——《踏血寻梅》的丁子聪

神，你在吗？没在也没关系，我刚杀了一个人，她叫王佳梅，她说她要去你那里，我不知道她去到了没？什么“天堂”之类的，我没读过什么书，也不知道那里有什么好，我只知道这里不好。请原谅我杀了她，一个被当成祭品养大的人，杀了另一个祭品。这城市膜拜富有，而我们都犯了贫穷的原罪。

这世界流泄出饱满金黄的油脂来，人们贪得无厌地凶猛舔舐，整个世界充斥着此起彼伏的打嗝声。

肥丁照常开始他一天的劳工生活，赚着蝇头小利，饿了吃快餐吃罐头裹腹。城市的另一头，有人吃着寿司配上美酒。

瘦得纸片样的女孩依偎着这城市的油腻，用身体来换取生存。人到底被当成什么样的商品？直到她被搅碎了送到市场摆上餐桌，人们才惊恐地发现自己吞咽了什么。人味儿簇拥的市场里，涌动的全是贪婪的欲望。

香港，2008 年的案子被拍成电影，一个援交女孩被杀，之后迅速结案。 几年之后，导演想追寻这些边缘人的轨迹看看他们是如何走到了悬崖边？如果富人已然构成了一个法制外的新国度，穷人是否天然的不道德？

以下是肥丁的晚祷，导演踏血推演出凶手肥丁的心路历程，一个孤独的冰冷的迷失的个体，在一座寂寞至死的都市里毁灭。

神？ 你在吗？ 没在也没差吧，我刚杀了一个人，她叫王佳梅，她说她要去你那里，我不知道她去了没？什么“天堂”之类的，我没读过什么书，也不知道那里有什么好，我只知道这里并不好。

王佳梅死前，念《圣经》上说的：“凡神造的都是好的，只要谢着领受，都是不可弃的。”我不知道自己领受了什么，也不知道自己能丢弃什么，我好像什么都不剩了。其实我也不知道要跟你说什么，我不习惯跟别人说话，但非常习惯没人听我讲话。

我只是要交货（王佳梅）给你，可以签单吗？那她以后可以幸福点了吗？我不知道所谓的天国是什么样子？ 但我活的世界，你还有在管吗？ 我不知道，从父母死后，我被安置在一个个陌生的地方，但无论到哪里，都只有自己一个人的回音。这世界满满当当全是人，却没有人真的在，没人鸟我，很好，我也不要他们。但我仍被烦死了，那些雨的声音、刺眼的眼光、妈妈照片里温暖的微笑，这些都扰攘着我的神经。

对于人这种生物，我是极陌生的，他们总是吃很多、用很多、要很多，到处都是他们的足迹和身影，他们要吞噬一切。他们喊我肥猪，所以我跟他们不一样，我不是人。

我看到的女人都可爱，包括我妈妈、孤单的房东太太、慕容跟佳梅，但为什么？那些人都把她们当成货品一样。我知道佳梅为何想死，我想帮她。

王佳梅第一次跟我见面，就说她想死，我不知道有什么可以留住她的。这个世界五光十色，有那么多商品摆在货架上，能吸引她吗？到底哪里比较好？我暗恋的慕容向往的美国？佳梅说的天堂？我很奇怪，去哪里有差吗？这些地方和监狱有差别吗？哪里都没差的，哪里都孤单。

对，神，我有名字的，我叫丁子聪，人们叫我肥丁，或“喂”，没人看到我，没人注意过我，我只是个搬货的，我模样丑怪又穷，人们看我就像虫子一样，“搬了就快走吧”。

是只虫子的话，连祷告都不用了吧。因为虫子没有“希望”这种东西，别人一踩就稀烂，不久就腥臭了。在这个地方，贫穷是罪。我就犯了这样的罪，被判了无期徒刑。我身边都是犯了穷罪的人，他们都想越狱，我看着他们。

我知道自己生来是个奴隶，王佳梅也是，所以我跟臧警官讲：“我讨厌人。”人把人区分开来，把我们这样的丢进养鸡场、养猪场。上帝，你有看过养鸡场吗？那些鸡一只只被灌食养肥，连脚都来不及长出来就要被杀掉。我感到伤心，不是因为自己，是因为王佳梅还想要有希望，我不想看到她跟慕容一样，都被希望搞得满身伤痕。你有来看过我们吗？我们每天醒来都不知道眼前到底是现实还是梦境，是不是共同在做一场噩梦。

臧警官，是你派来的吧！我本来把心寄放在妈妈那里，那样就不会痛，臧警官非要给我拿回来。佳梅说，心会痛会累，会让你巴望想过更好的生活。我的心看到穷孩子受苦会痛，看到佳梅和慕容作贱自己会痛，对我自己的事倒是没有任何感觉了，我不想看到跟我一样活在地狱里受苦的人，那样我的心会痛到无法呼吸。

本就没有人会找阿梅啊，神，臧警官原本只是我幻想出的一个美梦，想迟早有一天，有个人会来找我们，问我们为何要做这样的事？我多希望有人愿意问我。

少年时，有个老师跟我们念过一本《变形记》，讲有一天某个人醒来变成一只虫的事情。我问老师："但他不是本来就活得像条虫，有差别吗？"老师没回答我，原来，人被当成虫子，是正常的。而一旦发现自己是个"人"，就可能是个灾难，这个故事让人想哭。臧警官，其实我曾经看过一些书，我发现多半都是心痛的人在写，那个《变形记》的作者很痛吧，是跟我一样吗？

有人说我杀人、碎尸很残忍，其实我也不知道人们说的残忍是什么意思？我从小就打工，看人杀猪，而你们在超市买已经切好的猪肉，没有看到屠杀的过程是否就代表仁慈？我们这种从小就在菜市场穿梭的小孩，常看到满地的骨渣与血泥，我们负责清理，午饭才会吃到一块带肉的骨头，那才是我们生活的真相。有钱，有时保障你们活得像是个"好人"。

神，我说臧警官想太多了，其实我没有像他猜测的恋母或恨女人，那是有大把闲工夫的人在想的事，我跟佳梅是朝生夕死的。至于寂寞，我们谈它太多余，被问会不会寂寞，就像被问会不会呼吸一样。从没被爱过的我们，寂寞就是人生，除非死去，不然没有停止的一天。那些暴虐的寂寞，会一口一口吃掉我们，献祭给这座孤独的城。

我们像那些虫子一样，悄无声息地消失在城市的角落。这城市再度静悄悄的，没人踏血寻梅，我们无人闻问。孩子们在麦田里，一排排地笔直往悬崖走去，神，我不认识你，但请你认识他们。

大卫·塞林格

我站在悬崖边，守候那些在麦田中游戏的孩子，如果有孩子跑到悬崖边，我就去抓住那个孩子，以免他落到悬崖下面。

《踏血寻梅》是 2015 年上映的悬疑电影，由翁子光编剧执导，杜可风摄影。此片根据 2008 年香港轰动一时的王嘉梅命案作蓝本，由郭富城、春夏、白只、谭耀文、金燕玲主演。本片于韩国富川国际奇幻电影节夺得最佳影片、最佳女主角、特别推介奖。获得第 35 届香港金像奖包括最佳男女主角、最佳编剧等在内的 7 项大奖。白只则因饰演凶手丁子聪，获得第五十二届金马奖最佳男配角奖的肯定。

有一日，他们把希望都列出了价目表，
但我仍不懂得绝望。

如果他是恶人，那我们呢？

——《恶人》的清水祐一

有时候，某些城镇已经睡死过去，人还是醒着，有些公路已经通不到远方了，然而有人还在逃着。那些被遗忘在世界尽头的少年们，如清水祐一，默默生长。在那里，暮色与霓虹谁也帮不了谁，甚至遗忘了彼此曾有过青春，如果祐一是恶人，那我们是视而不见的共犯吗？

有时阶层造成的寂寞，是更残酷的永夜。有些孩子还没有见到日出，夜幕就已经降临了。“我的生之光呢？”仿佛一直听到清水祐一这样发问。

小王子说要用心看，因为有些事是眼睛看不到的。

用心来看这些《恶人》里的人，恍然进入了阴阳师安倍晴明的庭院，鲜花杂草一起簇生，光鲜亮丽拉着颓唐衰败。被祐一杀害的女生佳乃，她的寂寞像狂风骤雨中的一滩烂泥，想要抓住风带过来的一点花香："我要脱离贫穷，脱离我爸爸的那间美容院……"这声音在泥坑里鼓噪着，兀自在寒凉中沸腾着。可一身廉价的衣饰，裹着她能去哪里？名牌包包就如同灰姑娘的入场券，女孩儿们，你们要搭载男人的名车才能去参加舞会啊。一心想要逃离自己阶层的佳乃，被一脚踹出车外。帅气的富家子增尾又把她打回原形，变做一滩烂泥。

于是她厌弃跟自己一样一无所有的祐一，骂他是跟踪狂，诬陷他企图绑架强暴。终于唤醒了祐一压抑许久了怨念，将她一把掳去。

而那被人们叫骂"不是人"的杀人犯清水祐一呢？他自有知觉开始，世界就对他关了灯。从小被母亲遗弃在灯塔前，灯塔的光晕成了他灵魂里永恒的召唤。他跟女友光代说："我的家放眼看去就是无垠的海，仿佛哪里都去不了。"养大他的外婆，最大的快乐是参加闹哄哄的养生座谈会，其实那是药品公司骗人的把戏。镇上的乡亲都是老人，外公重病，他是那里唯一的年轻壮丁，他总载着生病的老人们进出医院，工头说："祐一的人生就是工作、吃饭跟去医院。"

人生的暮色能深沉地笼罩着整个村镇，万物鸦雀无声，默默等待进入岁月的暗夜。祐一像是栖居在黑暗里的小兽，他的光太年轻太微弱，进不去也穿不透，他活在一个失语的世界（语言的作用在老化的世界里会逐渐散失）。于是祐一打开手机找寻更多的光源，屏幕像萤火虫一般亮起，是半裸的佳乃。他如饥似渴，想要抓住这根稻草，哪怕是饮鸩止渴也好。

女主角光代，着迷于大海与灯塔，日子却如同被蛛网黏住的蝇虫一样动弹不得。她总爱在服装店里看门口的道路，阴雨的天气、客人试衣服时露出的灰指甲，让内心的蜘蛛时时逼近，光代那骨柴般的身躯微微颤抖。她第一次见到祐一时，他身后的夜幕暗得那么浓重，吸引她义无反顾地冲进黑夜里，想要振翅发出她所有的生命之光。

电影宛如人间的百鬼夜行，似有安倍晴明在廊檐冷眼看着这群生灵挣扎放肆。寂寞之恶是条蛇，伺机窜进灵魂的阴凉处坐大，成为吸纳众生精魂的另一方世界。

我们或许不是活在最贫穷的年代，但我们的精神上无时无刻不感到贫穷的威胁。贫穷感追随着电影中所有的老少们。没有工业可发展的废弃小城、无法再维持旺盛生产力的老人、无法适任就业的年轻人、被隔代抚养的孩子、女孩子们拿身体当作跳板……

21世纪有半数劳动力密集的产业被淘汰，不少城镇被判处死刑，这是当今世界普遍的情况，城镇暮霭，日如夜寐。美国电影《内布拉斯加》，儿子载着以为自己中奖的老父去大都市兑奖，绕着圆周般的公路，经过父亲的家乡，发现整个城镇已像父亲一般老去，寂静地沉睡。早在20世纪80年代，大卫·林奇的《双峰》里，警探来到双峰镇，发现居民们在现实里沉睡，如同梦游一般，活进那片土地的瞌睡里。年轻人在其中像没头苍蝇一样乱窜，他们跟自己的镇一样被遗忘，如同祐一被搁置在世界的尽头。

他们渴望自己的梦不要醒来，唯独祐一想从这永夜里挣脱，于是他在逃亡的最后，看着远方的日出潸然落泪，仿佛又看到了小时候那座灯塔的光晕。

我们迎着萤之光，赶忙在新公路上日夜飞奔，拿着标示不清楚的地图，去往传说中的乌托邦。而另一些道路，人迹罕至，无人问津，那里通往每一个“清水祐一”的家乡。

安东尼·圣-埃克苏佩里

我将住在其中一颗星星，在上面笑着。每当夜晚仰望星空，在你眼里，就好像满天星星都在微笑一样。你，只有你，将拥有会笑的星星。

《恶人》改编自日本作家吉田修一的长篇小说。此片以一桩杀人案切入，聚焦底层人群面临的处境。吉田将其视为自己的代表作，该小说单行本甫出版就迅速卖出10万多册，至今累计销量已过90万册，曾摘得每日出版文化奖和大佛次郎奖桂冠。2010年被东宝公司拍成电影，由李相日执导，深津绘里与妻夫木聪等主演，本片曾获第34届日本电影学院奖最佳男女主角奖。

小心，名气是个坛子，
让你在里面做大海的想象。

你要的是出名还是成功？

——《听说桐岛退社了》的桐岛

我们这个时代，前所未有地害怕失败，因此随时需要成功来加持护体。其实桐岛根本没有退社，“桐岛”就是这个社会，复制成功人士的模板，随时背诵他们的成功准则；“桐岛”也是现代成功教的教主，用快速成名来取代成功，让失败不要发现我们。在“蒙娜丽莎”的眼里，可以看到未来一群群惊惧之人，骑着被名气架空的成功快马加鞭，她遂笑得更漠然了。

你要的是出名还是成功？还是我们现在已经将两者混为一谈？

我们聚在一起呼唤灯神，召唤一众名人教我们怎么过人生，复制别人的教条。名人明星的吃喝拉撒频频上热搜，衣食住行成为时尚风向标，广告商对流量俯首称臣。

人们迷信出名能制造更多的成功机会，出名了才有粉丝团，出名了才有人气，出名了才有议价空间。什么时候开始，出名与成功画上等号？成功变成了名气的押寨夫人，成功的定义无法被数据化，而这个大数据时代，没有数据，人们拿什么确信？

精英主义的时代已然过去了，医生、律师、老师等衔跌下神坛被打折，政客是丑角，记者被当过街老鼠。我们真正会放在眼里的，让我们饥渴的就只有名气，名气是21世纪的吗啡，让人亢奋让人狂热。我们需要的就是廉价的舞台，好哈哈大笑或是哇哇大哭。柏拉图隐喻的山洞光影要更4D化，就是不要让我们下戏，无论我们对台上人寄托的情感有多速食多易逝，这样的哭哭笑笑，一生都不能停。

这种戏台子，只能以名气快速搭建，花十年功夫的成功可来不及。

所以电影《听说桐岛退社了》中，桐岛不见了很重要，也因此显出他的完全不重要，因为他是大伙的戏台子，没台子，就无法坐标自己与其他同学对价的方位，他没退社前其实哪里都不在，退社后则无所不在地造成几乎所有同学的恐慌。

桐岛是个什么样的人？ 在同学眼中他是个学霸、运动达人，有个校花女友梨纱，排球社由他领军势如破竹地打进全国赛，风头无两。突然，他在某个周五就没出现了，同学们等待、焦虑、惶惑。学校的老师几乎是不存在的，没有有智慧的长辈能进入这“桐岛之国”中，重组失去精神领袖的同学。

这不只是发生在一个学校里，这是当今社会的缩影，门一拉，前一代进不去，后一代一脸懵懂。

最开始出现焦虑症状的，通常是那些能见度最好的人。顿失男友的校花，如同失去了她的选美奖杯；视桐岛为偶像，风光无限的排球社员们变得黯淡；桐岛的好友宏树，亦是品学兼优的帅哥，因为桐岛的消失，必须重新检视自己存在的重要性。没有台上最重要的那名戏子，他们还蹭得到镁光灯吗？而没有镁光灯，自己存在的真相又是什么？他们就像失去了太阳光的金星与木星。

而桐岛自己呢？ 身为全校最有名的人，比任何老师都还有影响力，但没有名人是不寂寞的。名气越大，他被绑缚得就越紧，在光环之下无法脱身。真实的自我被流放得越来越远，恐怕连死后的墓志铭都被抹去真相，没有人知道你的害怕。

人们对你信者恒信。“蒙娜丽莎的微笑”贵在什么都没有给，任人想象。蒙娜丽莎似神佛仪容饱满，眼里飘着看你什么都不是、哪里都不在的淡漠。只剩你单方面的渴望，因此被她瞅着的你，变得很微小，活进她眼里的小世界，而因这份卑微而产生崇拜，让你恍若体验到了重生的快感。

“名气”是这样日夜梭巡，人们等着它的青睐，换一夜温存。

人们因此这么喜欢营造偶像，因那份卑微终于像张爱玲讲的得以化了尘土，仍开了花，整个酥麻麻地，连神魂都打颤了起来，接近生平以来对“活着”的终极想象。“活”这件事已经被过度美化与商业化了，但又没有比要被人看见或认同的活法更加卑微的了。

因此桐岛身边那些风云人物，以及想成为桐岛的人，内心自卑的那面终于能以他为中心看齐，集体绽放出来。自己的缺陷，都因桐岛而圆满了，缺口越大越想被桐岛的幻影占满。既然内在有让人无法承受的卑微，就愈为某人开出一片地狱花海吧，以这样的心思，红艳艳地燃烧，愈被践踏踩碎，愈化为宇宙尘埃，仿佛跟无限大的幻觉交合。自己飞沙走石地成就无以名状的巨大，所有细胞都为解体而欢呼，再也不想成为一个独立的个体。

于是桐岛活在众人的幻觉里，“退社”了没，也是被神话的他，从其他人心中走下神坛了没？ 桐岛跟他的信仰者们其实是种自愿的人格谋杀，你无法阻止别人无止尽对你的精神上求欢，无法删除所有因你而完整的假象。

桐岛被分子化了，因此他不能出现在电影里，每个人都是他的拼图。

在电影最后，宏树转身走到在学校被当作空气的电影社团成员们身边，问 loser 前田同学为何想拍电影？前田只是讲了一个模糊的答案，而且自己也不认为以后能当导演。他夸宏树如此俊朗，宏树在他的镜头前流下了眼泪："其实我什么都不是。"

人生胜利组与失败组被封闭在同一学校里，胜利组被规定有它的标准操作程序，loser 组的电影社借由拍出的僵尸剧，重申人有其他的选择，就算胜利组的宣教病毒无所不在。

桐岛其实根本没有退社，他是人们心中不停转贴的楷模。桐岛就是这个社会，复制典范，供人随时背诵他们的准则，成功这宗教大行其道，让宏树、梨纱总在警惕失败的高风险。然被失败逮到过的人，才有可能真正成功，否则只是向名气申请一个暂时保护令。

蒙娜丽莎每日看到一群群惊惧之人，那些都是桐岛的信徒，那些被名气架空的成功正快马加鞭而来。自命不凡的人们，因其掌控欲，无时无刻不被自己的"失败感"所猎杀，索性典当自身的每分每秒与每寸每缕，成为名气的人质。

这是一个由“失败”掌权的年代，让名气当监管人，你看，桐岛不就在我们中间吗？然而我们不可能看到他的，因为我们永远紧盯着对面的“失败”。

电影《疯狂的麦克斯：狂暴之路》

人们以各自的方式崩坏，无法分辨谁的比较疯狂。

《听说桐岛退社了》由吉田大八执导，于 2012 年上映，本片共获得 27 个奖项，包括第36届日本电影学院奖中囊括的最佳影片、最佳导演等大奖。此片改编自朝井辽的同名小说《听说桐岛退社了》，此小说获得第 22 届小说昴新人奖。故事描述一所明星高中星期五放学后，一股不安的气氛在校园蔓延，大家耳语人气球员桐岛退部了，意见领袖的离去使原本坚固的校园金字塔阶层发生变化。金字塔上端的学生四处寻找桐岛的踪迹，金字塔底层的人继续做自己喜爱的事，形成两个国度两种人生取向。导演吉田大八在受访时表示："小说最感动我的地方是前田（loser 派）和宏树（胜利组）最后对话的一幕。"

为了荣耀那金碧辉煌的王位，
他小得像什么都没有。

其实，
每个国王都穿新衣

——《狐狸猎手》的约翰·杜邦

好亮啊，从没有看过这样银闪闪的世界，雪霜满天，美不胜收，好像传说中的桃花源，奶与蜜的应许之地，却怎么……亮到好像没路可走了。这原是条精英之路，不是吗？怎么下了高架桥后，竟转进一条恶鬼之道？

约翰·杜邦穿着一身黄金龙袍似的运动服，宣传他的教练理念，在镜头前面，他大谈自己将要恢复美国的旧时荣光，花大钱培养运动英才，带领迷途羔羊走上世界舞台，并聘来黄金运动员为他背书："约翰·杜邦是我的教练，我的人生导师，我的父亲。"

这部电影表面上是运动片，其实是一群寂寞的人被困在冰雪地中的故事，唯有寂寞才能让彼此暂时不会感到这么寒冷。太阳有气无力地照拂这这些人，像一幅挂在墙上的画。

你活在一个什么都有，而你这个人什么价值都没有的地方，这是富可敌国者的诅咒。

财富如蛇发女妖梅杜莎的眼睛，久视会让人变成石头，跟戴上魔戒是一样的诅咒，任何巨富者都不能例外，只有免疫期的长短而已。更何况是心智极端脆弱的约翰·杜邦，一生瑟缩在他皇宫的一角，一离开王位，就担心别人认不出他是帝王了。

导演贝尼特·米勒像解剖肌体一样，运镜如拿手术刀穿肉见骨，每幕皆割除一小块样本，放大让你看到寂寞寄生在不同宿主时产生的异变。你看着寂寞流出来的汁液，还有寂寞的宿主被逐渐掏空蛀蚀后的形貌，跟他代表的"永恒王国"形成鲜明的对照。

电影中寂寞的宿主有两人，互相协寻彼此的寂寞而共生。

其中选手马克·舒兹虽没什么朋友，但还有哥哥亦师亦友。但约翰则被自己的寂寞给吓死了，他坐在家族给他的龙椅上不敢动弹，快被金汤匙噎死了，也不敢吐出来，“我一生只交过一个朋友，后来才知道他是我妈买来当我朋友的。”他身后有面大大的国旗，旁边挂满了祖先的画像，和达官显贵的合照，满屋子都是金碧辉煌的荣耀。他是这个巨大摇篮里的小Baby（婴儿），一辈子都没有断奶的机会。甚至与爱将马克练习摔跤，也要特地选在陈列祖先画像的房间，享受所有已逝者沉默的目光，甚至借此刺激出自己的性冲动，奈何各种形式的冲撞，都是微尘之于宇宙的反击，没有发出一丁点声响。

杜邦家族在美国历史上赫赫有名，经营军火起家，之后涉足石油、汽车、银行业，政通人和，富可敌国。约翰的祖先开疆拓土之时，美国尚年轻，可以毫不设限去实现任何美国梦。等到约翰长大后，美国已经开始沉睡，他无法接受美国梦已经老去的事实，偏要以他的财力将这个沉睡的巨人叫醒。于是他找来一堆摔跤选手，并以“恢复美国荣光”来鼓动他们，让他们热血沸腾。这的确催眠了剧中的马克·舒兹，他回去兴奋地向哥哥游说，认为约翰给了年轻人新生的意义。以“美国之子”的光环来奋斗，生之悠悠，怎能寂寂，那就让自己被“整个国家”看到吧。约翰与马克这两个失怙感强烈的人，对于“父亲”相当着迷，“美国”就成为了他们的精神之父。他们一直以撒娇的状态在活着，以夺得金牌为手段，来换取“父亲”的回眸。

但真的回眸了呢？约翰的母亲曾克服心魔，去观察儿子担任摔跤教练的工作，奈何约翰一发现母亲在场就心生胆怯，急忙叫一个选手假输。他还是那个只敢挑战死人权威的Baby。

以宗教立国的美国，始终孕育着一种“神选者”的概念，人们对自己的国家、对自己的身份都有种神选的优越感。约翰身贵胄之家，自命理应是“神选者”的后代；马克·舒兹曾获得奥运金牌，也渴望持续“神选者”的荣光；《美国狙击手》里史上最强神枪手克里斯·凯尔也以自命为牧羊犬的神圣感在服役。这种神选带来的自妄和失落，如跗骨之蛆，与美国梦如影随形。说好了的奖励呢，“爸爸”怎么没再发糖吃？怎么没再给肯定的抱抱？

《狐狸猎手》这改编自真实命案的故事不只拆穿了美国梦，而且狠狠打脸了自命不凡的精英人群。最后一幕马克为了维生，无奈只能做摔跤秀表演，观众席上的人们仍忘情地大喊“美国、美国”时，马克转身露出不知身在何方的表情，极端讽刺。

一心想被人看到的人，更容易感受到自己趋近于零的存在，以寂寞为动机的“成功”，让政治与商业都变成了娱乐秀。

自从第一枚人造卫星升空后，人类就一直在呼喊着：“我的坐标在这儿，请看到我啊！”现代人一直把自己当作主角，戴着面具一路敲锣打鼓，上演生旦净末丑，其实台下空空如也。

约翰·杜邦这例子并不特殊，而你也不难发现另一位“狐狸猎手”。那里冠盖云集，灯火璀璨，亮到没有谁能看见谁，每个人都痴迷于放大自己的影子，急匆匆想要登台。隐藏在精英马戏团背后的岔道，实为恶鬼之路。

张爱玲

你如果认识以前的我，或许会原谅现在的我。

《狐狸猎手》为2015年电影，导演为贝尼特·米勒，改编自1984年洛杉矶奥运会自由式摔跤项目金牌得主马克·舒兹的传记。由史提夫·卡瑞尔饰演曾震惊美国社会的杜邦家族杀人犯，多年来人们一直讨论这位天之骄子的杀人动机，也热烈讨论杜邦家族的作风跟布什家族领导风格的相似度。本片获得奥斯卡最佳导演和最佳男主角等五项大奖提名，并摘得67届戛纳电影节最佳导演大奖。

辑三

自我探寻的寂寞

被你们以阳光绑架的这世界，
请还给它黑夜与潮汐吧。

被阳光拘禁的黑夜

——《哈利·波特》的西弗勒斯·斯内普

"大家看我的模样比较搭配扭曲的心肠，我只好扮演一个忌妒幸福、丧心病狂的混账，来证明自己的存在，满足大家的期望。"此句出自莎士比亚《理查三世》，如果延伸在斯内普身上，那应该是："如果霸凌无所不在，那么孤独就是我所仅有的选择。"

你们的世界是如此光明啊，像太阳永远不会西沉。让我这被遗忘的黑夜无处躲藏，除了躲到被你们定义的丑怪里。

你们总以为我是个悲剧人物吧，如果你们认为我是，那就是吧。你们可以继续尽情地讨论我，但请不要再来打扰我。是的，你们真的太吵了，很多人选择当只麻雀，但请恕我失陪，我宁可当只老鹰，感谢哈利·波特的老爸詹姆斯·波特对我的霸凌，让我提前学习飞得高远，而詹姆斯，你自命为阳光的代言人，自傲于你的外表，那就请继续当麻雀之王，扮演你的“快乐”与“荣耀”，让我们各不相干，这样好吗？我的挚友莉莉啊，你不懂我为何结交了你眼中的狐朋狗友，甚至离我而去，然而你不懂比较好，我也不会跟你解释，请你别再靠过来，自命“阳光之国”的地方，收容人都是有条件的，你别因我破坏规定而被驱逐，这是我守护你的方式。

“大家看我的模样比较搭配扭曲的心肠，我只好扮演一个忌妒幸福、丧心病狂的混账，来证明自己的存在，满足大家的期望。”这出自莎士比亚《理查三世》。如果长得丑怪可以换来宁静，我是甘之如饴的。多数人样貌平凡，这群人一开始就会被放在观众席上（除非背景特别）。长相俊美的人赢得追捧与口哨，丑陋之人得到嘘声和嫌弃，这是人们最原始最简单的娱乐。

我那一头油垢的发、过于苍白的脸、阴郁的神情，都是你们贴标签的对象，等你们认定我甘于丑怪了，就会散开了，毕竟人们对丑怪的人事物，通常都没有耐心。

哈利·波特，你这点也跟你父亲很像啊，那么想要当一个好人却没有动力，于是借由讨厌阴沉的我，更容易让你当个好人吧？就如同你爸爸詹姆斯每次看到我，就能汲取前进的动力一样。我要像个坏人的样板，时时刻刻提醒你我的存在，才能让你对危险保持警惕，熬过那些苦刑，这是我培养你的方法。

其实我并非不快乐，只不过不是用你们的方式，你们看我崩坏，只是因为我的“快乐”没有任何展示性质。我可以跟细菌、兽尸，与各种残败之物一起化入泥沼里，陪伴我的这些都是自然的造物，没有什么好不好的，只有你们才会区分云泥，与自然之秽物划清界限。然而过度迷信洁净其实跟崇拜污秽没有什么两样，“不识丑恶就无法当个好人”。

至于我为何要学黑魔法？年少的我，自以为可以游走于这条红线的边缘，毕竟我受够了你们这群“快乐教友”的追杀，我在你们那里没有立足之地。而“西弗勒斯·斯内普”对我来说就是一个巨大的面具，一个黑色的袍子，抬起双手，暗夜就降临了。

比我更早看穿“阳光之国”跳的是骷髅之舞的，首推邓布利多校长，他是个天生的政客，知道只要表演“道德”，人们就会跟从他，阳光之国的盲目太可怕。

我除了听邓布利多的话，去伏地魔那里当间谍，没有别的方法，他利用哈利毁掉伏地魔，把哈利变成魂器，等他长大彻底摧毁。即使恶人如我，即使我从来没有喜欢过哈利，这样的计谋也让我心颤。这就是你们阳光之国的运行法则。

老实说，我爱你们，我跟莉莉·伊凡小时候会跟大树、鸟兽相处一下午，怎么会不爱你们？但我见证过你们的残忍，自诩正义之士以阳光之名把某些异类拉出来暴晒鞭笞，于是我拿魔杖大玩黑暗游戏，让你们以为我有多可怕，让你们都不要正眼看我。我用恶形恶状来换得我的平静人生，以这样的方式拥抱孤独。直到我死前，哈利用他母亲莉莉的眼神真正看见我，这样就够了。被你们以阳光正义绑架的世界，终于得到了黄昏日落的自由。是的，请放这世间一马，让它拥有阴阳与潮汐的自由吧。

至于我的墓志铭，如果有的话，请写上：“西弗勒斯·斯内普，不被任何人所识，但始终想识得你们之人。”这是我这样绑着铁链之黑夜者的快乐。只是不知道你们那片无法无天的昼日，是否还有愿意自我牺牲的黑夜来偷偷安慰你们？

老子

海鸥不是天天洗澡才白的，乌鸦不是天天染黑才黑的，黑白都是出于自然的本质，所以你不能说白的好看，黑的不好看。你用仁义去分辨善恶，在懂得大道的人看来，你所犯的错误，和这道理一样。

西弗勒斯·斯内普为英国作家 J.K. 罗琳的奇幻小说《哈利·波特》系列中的重要角色，甚至有书迷认为他是此系列的地下主角。电影中，斯内普一角由演员艾伦·里克曼饰演（据说是罗琳自己钦点这个角色非他演不可）。斯内普内心其实认为哈利跟他父亲一样“骄傲自大”，表面上不喜爱哈利，却一直暗中保护他。斯内普扮演双面间谍，后被伏地魔所杀，最终得以保护哈利·波特全身而退。哈利为纪念他，将自己其中一个儿子取名为阿不思·西弗勒斯·波特。

许多的名词被时代绑架后，
需要重新被定义，
包括所谓的『成人』。

所谓的大人
到底是什么？

——《猜火车》的马克·雷顿

大人们制造了那么多虚妄，每走一步，身后的路就开始崩塌瓦解。他们以物质积木架空了自己的人生，却责备年轻人为何迟迟不肯接过接力棒。但如果不想成为这样的大人，那又该做什么样的小孩？

大人到底是什么？是小孩的反面，还是合乎社会期待的订单接受者？ 是一颗稳妥的螺丝钉，或是体制内被压缩的巨人？

《猜火车》中的马克·雷顿与他的朋友们拒绝长大，周围的大人并没有给他们展示一幅长大后的美好图景，于是他们选择停留在长大的门口，做一些象征性拒绝进入的动作，比如吸毒。吸毒如果作为个案，人们可以忽略，但如果是不断发生的社会群体性行为，这跨年代、跨族群的背后动机就值得深究，不是将其贴上“堕落”的标签存档封存就好。

其实很有可能，雷顿这群人，看到父母窝在电视机前麻木的脸，看到华尔街的人们为了金钱的癫狂，会觉得这不也是大人沉迷于毒品的表现？雷顿他们，如同即将被宰杀的羔羊，突然有种逃命的冲动而开始发足狂奔。

勒瑰恩曾说：“成人不是小孩死去，而是小孩幸存。”

有些人的“小孩”在某个岁数死掉后，他们的内在就停止了成长，失去好奇心，也失去了求知欲。

而《猜火车》这部电影的本质其实是部恐怖片，故事里并没有“小孩”幸存在大人体制中。孩子凭着天生的直觉，对前面的路本能地警惕，甚至不惜以一种自我毁灭的方式，反抗被做成大人这种标本，拒绝父母传销一般提供给他们的乌托邦式人生规划。

当然也有人不假思索地买单这样看似多样性，实质缺少独特性的现代生活。但总有一些人选择思考，选择挣脱。就像《搏击俱乐部》中的泰勒·达顿在步入中年之时，以困兽的姿态猛然苏醒。《双重人格》《宿敌》中按部就班生活着的主角，突然发现生活里闯入了一个跟自己长得一模一样的家伙，对真实的自我太过陌生，以致于将“另一个我”当成敌人加以攻击。咔嗒，十二点到了，魔法消失了，大人世界里的虚妄被驱散，生活的真相袒露出来。

雷顿没有等到中年才觉醒，他选择从一开始就拒绝进入成人构建的世界，他跟朋友贩毒、抢劫，甚至钻入马桶捡拾毒品，电影以非常具象的方式，呈现了吸毒后的幻觉。全世界不都是浸泡在臭水里，如同他在粪坑里一般悠游？电影开场时，雷顿说：“我要选择电视、汽车、开罐器、住宅、内衣，还是可分期的沙发？”只要选择了这些，就获得了芝麻开门的密码，遁入正常的生活里，践行多数人认同的价值，并屏息怯声，别让他们发现你的异议。你不断地收到各种各样的明示和暗示，你必须成为什么样的人，你要过什么样的生活，这些声音回荡在城市的上空，充斥在你的耳边，越来越嘈杂，直到你终于也变成这种声音的一部分。

电影也以另一种梦幻般的方式呈现成人世界制造的幻境，大同小异的墙纸、大同小异的街巷、大同小异的节目、大同小异的时尚。只要你走上街道，各种各样的大同小异就会山呼海啸一般向你涌来。因过劳而无聊，又因无聊而追索，赔光了时间成本，只要丢给你一个更新的手机、计算机，与廉价时尚的衣服，你就又像仓鼠一般不停地踩脚下的滚轮，你的消费行为控制了你。所有事物都伸手可及，所有的人都好似近在眼前，但其实你什么也没有真正拥有。他们用物质架空了人生，制造了那么多的合法成瘾物，每走一步，身后的路就开始崩塌陷落。

而哪怕这种大同小异的选择，对社会底层的人来说，也是奢侈的，他们甚至没有选择的权利。他们生活在像是能挤出水来的社区里，水渍渗在墙壁上，在天花板上，在人的心里，到处都是淤泥，这股弥漫在现实和精神上的湿气，像雷顿从马桶里爬出来一般湿哒哒、黏糊糊。

童话的结尾白雪公主跟王子幸福地生活在了一起，但它没有告诉你，白雪公主也可能因为中年危机变成恶毒的皇后，对着镜子患得患失。

而电影的结尾，雷顿抛下了他的那群朋友，私吞了他们的钱，进入正常的社会体系，衣冠楚楚平静地说："我会跟你一样，选择电视、选择房贷、选择车子、选择垃圾食物、选择养老院……"再怎么拒绝长大，青春还是结束了。

那些试图脱队的孩子，或是《蝇王》中的西蒙，他说山上根本没有野兽，戳破了每个人都信奉的幻影，于是他被击毙了。或是柏拉图的洞穴里那个独自离开，勇敢走出洞穴的自由人，等待他的将是光明和清醒带来的痛苦。孩子能像勒瑰恩所说的“幸存”成大人者少有，所以，嘘！别被他们发现了，唯有混入人群，却如入无人之境，那人生才能终归于长征的本质，你的脚才能真实地踏上这片土地。

梭罗

大多数人生活在平静的绝望中，别陷入这种境地。

《猜火车》为1996年黑色幽默电影，由英国知名导演丹尼·博伊尔执导，讲述爱丁堡的一群瘾君子的生活。由伊万·麦克格雷格、艾文·布莱纳等主演。原著作者欧文·威尔士也在电影中客串了毒贩一角。电影在英国、美国等地放映时引起不少的争议。美国参议员Bob Dole在1996年的美国总统大选期间，谴责该片损害道德而且鼓励滥用药物，讽刺的是他承认他从未看过该片。而在加拿大，警方则是自掏腰包买了许多电影票分发给青少年，把该片当作反毒的教材。在诸多争议之外，该片以创新手法呈现年轻人在被洗脑的现实与药物迷幻中难以找到分界点，从而去思考人生的价值是什么，是继《发条橙》之后，被视为具有跨时代意义的关于成长的经典作品。

快乐大抵上是相同的，
因为我们刻意地集体追求，但悲伤，
每个人的都不同，也使每个人不同。

忧忧早就失踪了

——《头脑特工队》忧忧的寻人启事

我是先发现悲伤很美，才知道原来它是叫“忧忧”的。忧忧其实仍没有像电影中那样被寻回，它还在持续被人们污名化并将其强硬改写，迷信快乐是主秀、让乐乐过劳的我们，还能找回忧忧吗？

不知道别人是什么时候开始明确悲伤的定义的，我是先发现悲伤很美，才知道原来那是“悲伤”的。所以忧忧，我不知道你为何会在电影里被画成矮胖的、蓝色的小姑娘，后来才知道那是因为这样的造型灵感来源于眼泪，是因为悲伤给人的感觉很沉重吗？所以“乐乐”就被画成很纤瘦很轻盈的样子。我怎么觉得用这样的方式区分喜乐很粗暴？

悲伤其实不重，命运对悲伤的出手很轻，悬浮着、漫游着，且无所不在地落脚，为很多事情做了花开过的注解。我还记得我认识忧忧的第一眼，它如白驹过隙，匆匆掠过我的眼前，有点像是我读幼儿园的校工，我一直记得他的样子，他咧着嘴笑的时候可以看到缺了几颗牙，腿有些不便，拿着一堆锅碗瓢盆经过我身边的时候，发出些叮铃哐啷的声音。我侧耳聆听，就知道时间是怎么来的，又是怎么走的，日头下的人又是怎么愈走愈驼的。我往往看着他入神，直到他人被巷道吸走了一般。那巷道是岁月吗？看似循环其实只是一瞬。

我幼年读书时，座位有时幸运地靠窗，我会为此雀跃不已。窗外四季流过，劲风入冬后，对树木可不留情，枝桠有时会激狂地舞动着、挣扎着，在天空里划过，就像幅水墨画。这幅画面萧索得有点悲伤，但是我觉得很美。在校园漫步时，有时会瞥见几个孩子拿水冲蚂蚁，队伍瞬间被冲散了，但是那些小虫子们仍然会努力地回到队伍里，它们这种在人类眼里微不足道的可笑的努力悲伤吗？我不知道。

每当我跟着忧忧偷偷地留下的标记走，总会发现转角后突然广阔的山海，以及土地与天空的形貌。也让我想起家附近有个水墨画室，那些画家们特别喜欢画竹叶，总是在运笔的末尾留下一股苍劲的力道，让每一片竹叶都有了与众不同的格调。

看了几次水墨画以后，我才想明白快乐是我们用来囤积的，而忧忧才是形塑我们、区别我们的情绪。那些突然的、意想不到的际遇，就像是那一笔带着劲到的挥毫，让你心头立起了一座大山，因而一旁才得以有了傍山的江河与野草。忧忧在素描与国画笔触中，都必须毫不犹豫、出手精准，锋利得有点残忍，但又带着慈悲。这样的忧忧，怎么可能是个胖姑娘？

快乐大抵上是相同的，因为我们刻意地集体追求，但悲伤，每个人的都不同，也使每个人都不同。

忧忧其实像《刺客聂隐娘》里的聂隐娘，“她只有一个人，没有同类”，她小心翼翼地藏好自己，但是我们又知道她的存在。 每个人其实都是“聂隐娘”，并没有同类，我们只是习惯把与他人的雷同处放大以求更好地融入群体而已。那些区别于他人让“我”成为“我”的东西，都被埋放在忧忧那里，越塞越满。我们讨厌忧忧，其实就如同害怕自己的影子一样荒谬。我们害怕在人群中像个异类，害怕自己的本像，忧忧于是被我们丑化成了一个笨重的瑟缩的小孩。

我们想象的忧忧，根本不是忧忧本身，忧忧如今出走了，乐乐被超负荷地提取总也满足不了人们的胃口，愤怒开始攻城略地，于是越来越多的人们既不懂得接纳悲伤，也无法让自己真正地快乐，他们只会愤怒。

我记得小时候，家对面是一所废弃的老宅，庭院很久没人打理，树枝伸出围墙来张牙舞爪，晚上看起来煞是恐怖。白天我们几个小孩却爱从残破木门里钻进去探险，宅子里暮气沉沉，几乎跟包围它的树连成一体，但是有一种奇异的温柔感，像个风韵犹存的女人盘坐在水泥丛林里。地上满是枯枝败叶，花果烂泥散发出一股异香，老树的呼吸有点野蛮，呼哧呼哧喘着粗气，成为一种孤单的异境。我们这群潜入者都知道这里迟早会被拆迁盖成大楼，任何现下目睹的这一切，隔日都可能变成永恒。这时忧忧在我眼前心底，清楚地显形了。我们看着它在破烂的屋顶上晒太阳，躲在光秃秃的树枝间晃荡脚丫。那时也恍惚知道人们已被改造了，情感的洪流被硬生生地规整流入水坝和渠道。忧忧也变成是不受欢迎的“阑尾”，但它原是这样的美和有力量，像盘结到地底的树根，像张扬向天空呼喊的树枝。那是我们被绑住的“野性”，像杰克·伦敦笔下的野狼“白牙”，被圈养在后院里，一直在低声呜咽，问它何时会被放出来？可是没有逃遁地图，我跟那老宅里的古树一样无助。

于是我只能怀抱着犹如古树渴求森林的热望，将忧忧揣在怀中给她一点温暖，让它在我的笔尖跳舞。

你曾经用心感受过最原始最野性的忧忧吗？ 如果没有，请试着不要急于将它从你的生活里赶走，在每一个身边人疲倦的眼、忧郁的神情里，在落日里、在凋零的鲜花和干涸的土地里，发现它、接受它、拥抱它。而在你曾走过的路、爱过的人、经历过的岁月里，你的忧忧或者还在那里等着你。

村上春树

如果你掉进了黑暗里，你能做的，不过是静心等待，直到你的双眼适应黑暗。

《头脑特工队》为2015年皮克斯出品的动画片。由《怪物公司》《飞屋环游记》等片的导演彼特·道格特执导，导演与制片指出创作灵感部分来自《赫曼的大脑》。故事描述主角莱莉因为父亲的工作搬家至旧金山，要准备适应新环境，莱莉脑中控制欢乐与忧伤的乐乐与忧忧迷失在茫茫脑海中，大脑总部只剩下掌管愤怒、恐惧和厌恶的怒怒、惊惊与厌厌的三种情绪，导致莱莉变得愤世嫉俗甚至离家出走，而乐乐与忧忧则需要努力找寻回到大脑总部的路……

若非柏修斯的那面镜子，
这世上，谁能逃得过蛇发女巫的石化魔法？

是谁一个人，没有同类？

——《刺客聂隐娘》的聂隐娘

聂隐娘路过，以无我的镜身姿态照遍了一群人，然后走开，留下他们如青鸾一般狂舞不止，如同穿上了停不下来的红舞鞋。隐娘就像那位来到小镇的吹笛人，带走了所有纯真的小孩。

这是一部戏中戏，你乍看镜中人千百种，却认不出自己也在其中。

刺客是什么？ 是必须屏住呼吸不能打草惊蛇，必须洞察先机预判对方的行动，在任何地方，都不让你感到她的存在，她潜伏在影子的深处，融入你周围的一切，如同你的化身。直到她出手使出致命一击。隐娘出手必有山的沉稳之气，有海的瞬间碎浪，如此这般，才能快速刎人咽喉，再消失于无形。于是我们看到的《刺客聂隐娘》这部电影，它拍了大量的自然风景，速写出同一景色中，这一秒与下一秒不同的些微变化，才能抓对出剑的时机。

其他电影通常把观众放到上帝视角，俯瞰整个故事的脉络，但这出戏，是让聂隐娘旁观所有人的一举一动，而你则在另一个暗角，旁观隐娘的声息，是为镜中镜的诠释。于是你会发现，别人都当她是“消失”的，即便她在他人面前现了身，也让周遭人有点困扰，想要用手把她抹去，可却像是炭笔一摸，在纸上糊成一团，成为众人心中一个更“隐讳”的存在。因此她的“隐”，是众人对她的感觉，那要消失不消失的不干脆，显出自己的残忍，她一出现，又唤起了别人将她置弃的罪恶感。长年身在暗处观察的她，怎可能不知道，自己这团血肉之躯，在别人眼中是在时间中隐化掉的，于是她躲到更深处，她是从小因影响到他人运势兴衰，而被默许带走的“不幸”，对谁来讲，都像鞋子里有根刺，说不出来的不舒爽。

就像北极熊快被灭绝之于我们，就像叙利亚难民无处安身之于我们，就像非洲灾民的饥饿之于我们，隐娘所代表的“不幸”，其实也带给我们“我们能怎么办呢”的困扰，我们只是看客，我们都是无辜者。可是，这些不幸已经被视为整个自然生态或者社会生态的一个环节，我们都是造成不幸的共犯，也必将承担后果。

因此隐娘虽然活在唐朝，其实代表的是所有不幸之人。人们抱团匆匆赶路，弄不清到底是在前进、退后或原地打转，“隐娘”则如影随形、亦步亦趋。这是“文明”进展的画面，只有“不想看到的不幸”在后面紧跟，人类才会马不停蹄地一直飞奔，哪怕是集体迷路，人类就是这样一路从“历史”走过来的。

于是我们看到电影里，隐娘就像面镜子，让周遭的人都在她面前现形。我们突然发现，原来隐娘不是故事中所谓的“青鸾”，而那些在功名利禄场打滚的每个人都是青鸾，看到隐娘这面镜子，就像被惊醒一样哀鸣起舞，在名利场的人只有同党、同谋，但没有同类。地位岌岌可危的藩主田季安，身边都是打着自己小算盘的文武官；田季安的正室空守华丽的冷宫，而宠妾瑚姬步步为营、机关算尽，在杯弓蛇影里惶惶不可终日；试图中兴的嘉信公主，则以嗜食回忆的影子而活。田氏这个藩镇与唐朝，都已看到败象，看似光鲜亮丽、歌舞升平，但骨子里涌动的不安因子，让人人自危。那雕梁画栋中的暗影冷冷侵蚀，借由隐娘的窥探，可以嗅到无处不在的残败之气。

没有同类，只有一个人，这是政治的真相，也是人生的真相。

《刺客聂隐娘》不只是一个女人的故事，而是乱象丛生、争权夺利的时代里，人人都是青鸾的故事。被无欲无求、化身为物的隐娘一照，就看到了自己悲哀的本象——在笼子里，为了取悦别人，必须像瑚姬一般不停舞动，被饲养的矫情的一生。除了隐娘与磨镜少年，活在游戏规则里的，都是青鸾，只有角色，没有自身，又何来同类？我们只能紧紧抓住自己的角色，唯恐大戏落幕，黯然退场。

《刺客聂隐娘》其实是一个非常具有现代感的故事，隐娘路过，以无我姿态照见了一群人，然后走开，留下他们如青鸾一般狂舞不止，如同穿上了停不下来的红舞鞋。隐娘就像那位来到小镇的吹笛人，带走了所有纯真的小孩。

看不懂吗？ 其实无非就是要借一面镜子，才能看清自己被角色取代的真相，如同希腊神话中，若非珀耳修斯借由盾牌的镜面映照出了美杜莎的位置，不然这世上谁能逃得过蛇发魔女的石化目光？多像如今的我们，被各种荧幕、目光环绕箝制，恍然又正走回那条被石化的道路上。

拉康·雅克

我思考处无我，我在无我处思考。

《刺客聂隐娘》2015年上映，由侯孝贤执导，改编自唐代作家裴铏的传奇小说《聂隐娘》。侯孝贤因此片获第68届戛纳电影节最佳导演奖。故事描述安史之乱后的唐朝，藩镇割据，聂隐娘自小被道姑训练成为杀手，长大后衔命返乡刺杀田季安，隐娘见到田季安嗣子年幼，若杀藩主，魏博必乱，遂回到山中道观向师父叩别，避走天涯。

不要拿镜子给我，
那里没有我认识的人。

无止尽的童年羁押

——《卡波特》的杜鲁门·卡波特

自我欺骗之所以迷人，是因它有如一袭绣有朦胧夜色的隐形斗篷，让你感到安全，直到有天魔法消失，斗篷变成乌鸦呼啦啦飞走，真相便如兽群扑将过来将你撕碎。卡波特披着这件斗篷写出了最佳的作品，也因斗篷的灰飞烟灭而谢幕于人前。

如果有一个不幸的童年，长大后是不是像个精神永远被囚禁的保释者？有没有获得自由的一天？

美国最有名的作家之一卡波特，他因《蒂凡尼的早餐》一举成名，报导文学《冷血》则成为他的巅峰之作，也是他最后出版的作品。

他与死刑犯派瑞在冷冰冰的拘留室相识，派瑞让卡波特想起那些被抛弃被流放的经历，即使是处在西班牙的艳阳下，也无法照进他内心的凄冷，记忆满是无法晒到阳光的死角，已没有空间再容下溢满春夏的丰盛。

或许因为提早面对了生命的恶寒，有些孩子会维持适当的“冷血”来求生。《卡波特》这部电影描述了所有人公认的冷血杀人犯，却碰到一个比他更冷血的人，卡波特以终结掉过去自己的决心，来终结掉派瑞，因为谁也不能从他记忆中那片极寒之地回返与复生。

有一种记忆的处理方式，表面上快速而有效，但后患无穷，就是当回忆杂草乱生、残枝败叶到无法收拾且不断蔓延时，主人常会点起一把燎原大火，一夕之间将方圆百里夷为平地，自此寸草不生。之后把精神移花接木在不是自身的品种上，兀自蛮横的发芽重生，无人能识破他的原生品种是什么，他自己也不想探究，就这样移花接木一般地猛往天上长，这就是卡波特的成长方式。

卡波特跟同为作家的知交妮欧说："我跟派瑞就好像住在同一个家，有一天派瑞从后门走了，我则从前门出去。"他们两人在真实生活中都是小时候被母亲遗弃，不断寄养在不同陌生人的身旁，只是长大后一个成为知名作家，另一个则缔造了令美国民众惊骇一时的灭门血案。

这让人想到《诗翁彼豆故事集》中的三兄弟的故事，三兄弟跟死神要了不同的圣物，只有三弟谨慎地要了死神的隐形斗篷，成功地安抵晚年，逃过死神追索的眼目。一般人以为三弟是极聪明的，只有他识破了死神的诡计，然而一生躲在隐形斗篷之下不见天日，针尖落地的声音、路人不经意看过来的眼神、死神追捕的身影、其他兄弟的死讯，是否也让斗篷下的人战战兢兢如惊弓之鸟？此等生之徒刑，如果能重来，三弟是否还会选择隐形斗篷？

而对于卡波特与现代人来说，"成功"就是隐形斗篷，成功之人如有火把，让周遭的野兽不敢贸然上前进犯。所以他拼命地获取成功来让火把燃烧，用酒精武装自己，频繁出入社交场合，成为众星捧月的宠儿。他谈吐潇洒，连珠带炮，直指他人的命门。那些源源不断呼啸而过的字句，让人只能忙于应答，无暇去思考字句背后的深意与性情。

当死刑犯派瑞在犹豫是否要接受他采访时，卡波特说："如果我在不了解你的情况下离去，全世界会把你当怪物，直到永远。”这倒是他的真心话。派瑞的隐形斗篷已经消失，他已无所遁形，只能退而求其次去寻找一个外界与自己都能接受的避风港。但派瑞仍然也只能是一个怪物，因为怪物原就活在众人的心中，在琐碎的日常里潜伏，伺机出来寻找捕猎的对象。卡波特深知这一点，所以借由派瑞来警醒自己千万要“隐形”好，不然他也会被揪出来暴露在光天化日之下。

关于他自己的真相，除非要交换情报，或换取信任，不然他是一个字都不会提的。他谈到自己的过去，将其作为打开派瑞心门的敲门砖：“你我之间并没有什么不同，我们的童年一样都是被遗弃的，我被母亲关在旅馆里，母亲去约会就没有再回来了，我被关在旅馆里，吓坏了，不断叫喊，最后在门边的地毯上睡着。”一个孩子被锁在陌生的房间，哭喊着求救，这个场景深深地植入了卡波特的记忆和生命里，他的一生都在避免回忆和重蹈这个画面。记忆哭闹不止，孩子仍被关在那里。他只能学着像妈妈一样绝情，把门锁好后，直奔“长大”。

为了确认自己已经远离童年，他找律师延迟派瑞的死刑，延长采访的时间。之后漫长四年的写书过程里，他逐渐不敢面对，他确认自己深受派瑞的吸引，每次回去，都像去探望过去的自己一样，然后又把派瑞的希望之门关上，如同当年母亲将自己关起来一样。伤疤一次次被揭开，又一次次被草草盖上，卡波特终于无法承受。

于是后来他终于不再请律师帮派瑞辩护，松了手，作为唯一一位亲友，看着派瑞死去。他崩溃地跟妮欧说："我无法为他做什么。"妮欧毫不留情地点破："事实上，你也不想做。"

卡波特知道，斗篷遮不住如双生子的两人，但当他将派瑞从斗篷下推出去，自己也暴露了。自己在从未直面的"诚实"前，如吸血鬼初碰阳光，斗篷变成乌鸦呼啦啦飞走，一切灰飞烟灭。卡波特在《冷血》后，便无著作问世，之后因用药过度猝死。

"诚实有这么难吗？我的作品都是诚实的。"电影一开始，他如是说。

小卡波特在他写完《冷血》后就回来了，后门走了派瑞，前门迎来自己的童年。他对自己冷血到底，但那却是他最熟悉的温度。

村上春树

我在那黑暗中，想起降落海上的雨，想起广大的海上，没有任何人知道正静悄悄地下着雨。雨无声地敲着海面，连鱼儿们都不知道。

《卡波特》由班贝尼特·米勒执导。演员菲利普·塞默·霍夫曼因饰演卡波特而荣获2006年奥斯卡奖最佳男主角。影片于2005年9月30日发行，因为那天正是卡波特81岁冥诞。影片讲述了卡波特撰写报告文学《冷血》期间的故事，改编自杰拉尔德·克拉克出版的同名传记《卡波特》。《冷血》提供了文坛一种崭新的源自新闻的写作方式，在当时引起了轰动，也使得卡波特成为美国文学史上不可回避的一位作家。

每个人可能都是自己眼中的赝品，
等到有一日寂寞来到，来鉴定自己的真伪。

寂寞的长相

——《最佳出价》的弗吉尔

“每个赝品都有它真实的部分。”是的，弗吉尔就是在说自己。一旦被关注，身为赝品的他就再也无法离开观赏者的视线，克蕾儿让他再也不用跟众仕女图一样被冷冰冰地挂在墙上，他放出了心里渴求温暖的兽，哪怕世界土崩瓦解也在所不惜。憔悴是寂寞给赝品最大的救赎，它让赝品之真貌哭喊现形。

嗨，让我先来带你看一下寂寞的展览室好吗？

客官，先不要面露失望，在这看似平凡无奇的铜墙铁壁之后，有我精心收藏的“寂寞”，只要输入密码，眼前的富丽堂皇就会消失，让你看到寂寞的真相。这个地方其实你们也不会太陌生，一生难免会错踏一两次，但有人就离不开了，所以你在参观时，若听到有声音呼唤你引诱你，千万不要回应，否则你也可能被永远拘禁在这里。

是的，你眼前这间装满寂寞的房间，可以嗅到梁木逐渐朽蚀的味道，走路时地板会吱吱呀呀回应你，你也被天花板上的那一大片水渍吸引了吗？你看着看着，它就会变形且愈来愈大，让你的意识抽离身体，浮浮沉沉浑浑噩噩，猛然惊醒身体却仿佛被抽空，好似溺水。寂寞的味道可让人沉醉？

忘了告诉你们，其实这间就是《最佳出价》里弗吉尔的展览室，不是他那间挂满仕女名画的收藏室，而是他跟克蕾儿相识相处的伊贝森庄园，这个庄园才是弗吉尔展示真实的自己的地方。这电影不只是在讲爱情啊，同时也是两栋房子的对话。弗吉尔那像豪华酒店也像保险柜的家，他不爱那里，为了保护那些名画，他把自己的心也装上了防盗锁。

于是当克蕾儿出现在斑驳陈旧的古宅时，他仿佛看到了活生生的仕女图，他所说的：“每个赝品都带有真实的部分。”有些人认为是指克蕾儿的感情，但对于弗吉尔来说，品鉴过那么多名画，知道克蕾儿这栩栩如生的鲜活的存在，更显出他自己才是个大赝品，乔装混进名画中。

他的自惭形秽，是感情诈骗集团能将他一举成擒的原因。他从劳勃这修理达人身上窥探市井的气味，他从比利这共犯中沾染他既不屑又快意的无赖气质，他从克蕾儿身上获取自认应得的卑微。那份卑微将自己束之高阁的紧绷给释放出来了，卑微正是爱情的显像，它让人五体投地，低到泥土里。他内心极清楚地知道自己是一个赝品，他轻蔑地嘲讽比利的画作："不是爱艺术又画画的人就是画家。"这何尝不是在嘲讽自己，而不跟比利分出云泥，他就无法保持自己的安全界线，他的警铃时刻大作，所以没有朋友能真正靠近他。

克蕾儿与他的互动，一再触碰他这幅假名画的警报区，可他依然忍不住想让克蕾儿靠近。当克蕾儿吐槽他染发时，尽管他恼羞，但也从中得到解脱，等于有人把它从艺廊的墙壁上取下来，开始接触到尘土。之后他与克蕾儿烛光晚餐时，羞怯如少年，讲到自己的童年，脸部线条柔和下来，诉说幼年失怙，栖身孤儿院，"我故意受罚，才能去修道院的修复工坊学修复术与辨别真假。"幼时的他已知真之难得，也知晓仿真可以给凡人的庇护。

克蕾儿正是研读了弗吉尔的心理，刻意复刻弗吉尔的与世隔绝、孤芳自赏、兀自苍凉的生活状态。就像影片一开始他志在必得的名画“渴望”，画中少女的年轻气盛，囚困在衣服中，精神却如花海般炙辣延烧，她是多么希望有观众啊。少女的眼神在饥渴地从他人眼中找寻自己，弗吉尔收藏的满屋仕女图都是如此，表面上是在看对方，实际是搜寻对方眼神中的自己，装作漫不经心地掩盖骨子里的骚动。

“谁认得我？”人海茫茫，这是克蕾儿向弗吉尔传达出的求救讯息，弗吉尔如看到了自己，想把她带出密室中，两人一起面对人生的“广场恐惧症”。明明有这么多漏洞，能识破艺术品真假的弗吉尔，怎么可能没发现？只是一旦被关注，身为赝品的他就再也无法离开观赏者的视线，克蕾儿让他再也不用跟众仕女图一样被冷冰冰地挂在墙上，无人可诉说、无人愿聆听。

最后，弗吉尔来到克蕾儿提到过的“日日夜夜”咖啡厅，痴痴地等候着她，这是他的选择，他的人生进入第三所房子。这三间房子都存在弗吉尔的潜意识中，前半生将自己反锁在一尘不染的收藏室，后半生尝试直面精神上的“伊贝森古宅”，本身再怎么光鲜亮丽，都抵不过时间的锈蚀，结果一举坍塌下来的尽是岁月，不得不将自己永远囚禁在日日夜夜咖啡馆，数着时间的齿轮终老。他怎么可能没发现克蕾儿是假的，但他拒绝揭破，正如他所说：“请问受伤的拍卖师可以修吗？蛀虫太多、名画太少。”他早就塌下来了，伸手向天，求仁得仁，像一尊大理石巨人脚疼极了终于忍不住坐下来，谁知一坐成灰，陈年灰尘刹那间舞成了解脱的笑容。

这是长年被拘禁的“寂寞”被放出后，所能给主人的最大的救赎。每个人可能都是自己眼中的赝品，等到有一日寂寞来到，来鉴定你的真伪。

我们总会想起影史中那些女孩在废墟或旧教室跳芭蕾的画面（《美国往事》里的黛博拉，《花与爱丽丝》里的爱丽丝），如同克蕾儿从密室赤脚走出的刹那，阳光洒下来，沐浴其中的少女有如神迹，灰尘被她们的脚步轻轻扬起。为何这样的画面不朽地封存在我们的脑海中？因为灰尘在那一刻始知道了自己的真相。

米兰·昆德拉

表面上是明白无误的谎言，底下却透出神秘莫测的真理。

《最佳出价》由意大利知名导演朱塞佩·托纳多雷（《海上钢琴师》《天堂电影院》）编剧与执导，本片于2013年上映，由杰弗里·拉什、吉姆·斯特吉斯、西尔维娅·侯克斯与唐纳德·萨瑟兰主演。本片为托纳多雷继《海上钢琴师》之后，拍摄的第二部英语电影。 配乐则由意大利殿堂级音乐大师颜尼欧·莫里克奈操刀。故事描述在艺术拍卖界享誉盛名的拍卖师弗吉尔，以卓越品味与鉴赏力闻名，并长期过着孤僻的生活，直到有一天接到来自克蕾儿的电话，请他前往她从父母手中继承的宅邸估价，从此改变了他的人生……

在这里，你会忘记自己的梦想，
甚至，一如你所愿地忘记了自己。

他人
即地狱

——《汤姆的农场旅行》的汤姆

有些人的人生，活着活着会变成一场仿生术，像个被困在镜子中的身影，等待下一个主人来投射，让他依样画葫芦变成另一个人。汤姆的农场旅行，他其实回家了，彻底地遁入镜子里，等着别人来执导、排演完自己的人生。

《汤姆的农场旅行》里的那块恶土，其实人们内心都有，起先，我们是在模仿社会给我们的示范样本，但久了，社会像巨大的魔镜，我们会预估它的反应，日日忐忑于它的评分。汤姆身处的农庄聚集了一堆强迫症、监视狂，看似离我们很远，但其实我们有可能都在前往那里的路上。如同看过此部电影的人，其实没人确定汤姆逃出来了没有。

而我们呢，身在何处？ 有没有人可以证明我是重要的？我的存在是强大且无可撼动的？还是只是影子，接龙于众生后面，如果把影子典当给你，是不是就能解脱了？人类在 19 世纪，脱离了宗教与极权的思想钳制，然而几百年过去了，也不是每个人都能承受起定义自己的任务。这个故事其实是一个被困在镜中的影子，等待下一个主人的投射，让他来依样画葫芦，让他永远不用离开那对照的方阵中。

我们生下来其实就面对了很多“镜子”，父母眼中的我们、兄姐眼中的我们，老师眼中的我们、同学眼中的我们、十二星座推算出来的我们，后来有来势汹汹的社交软件以及能骗过自己的泛滥自拍。如果不想了解自己，这时代可以帮你轻松地达到目标，但若想要真的认识自己，则会如同经过一连串的障碍赛，必须突破一连串的偏见、闪过诸多期待、避掉各方杂音，才能够与真正的自己单独相会。然后，或许，已经三十岁左右的你我，才发现那不远不近的“自己”竟成为个陌生人。

汤姆就是避开了“自己”的人，他活在满是镜子的迷宫中，前方若没有他人的引导与暗示，他就会迷失在迷宫里。他对自己就极陌生，像只寄居蟹，总要钻进壳里才感到安全。

表面上他是个痴情种子，因爱人的死去，在纸巾上写下诀别的字句：“今天等于一部分的我已死去……没有你在左右，我只能将你取代。”之后在前往爱人丧礼的路上，开始他的“取代之旅”，他如殉道般激越唱着情歌，凄美哀伤，我们遂与他直奔“爱情”而去。

然而愈看愈狐疑，跟他一起进了迷宫才发现，这一切的动力真的出自“爱情”吗？还是他的人生只是一连串的“寄生”？“爱情”不过给了他一个最堂而皇之的理由。

汤姆过世的情人叫吉翁，吉翁家四周是大片的玉米田，宅子淹没在其中像一座孤岛。他的母亲与哥哥拥有一座农场，自给自足，很少与他人往来，镇上有人路过，都不敢靠近他们家，甚至连出租车也不愿转进他们家。这个孤绝之地，等着甚至吸引着汤姆的到来。

导演哈维尔·多兰的镜头不停跳接与晃动，像主角的认知混乱，观众与汤姆收到的讯号都是断简残篇，如深海中的雷达，孤单地探查各种微小动静。汤姆初次闯入，窥探冷寂的客厅与卧室，想找寻男友生前的蛛丝马迹。刚吃过的早餐随意扔在桌上，沙发上仿佛还留有主人的余温，却感受不到一丝生气。突然，男友的母亲出现了，原来是有人的。

东方有一种活人遁入鬼道的说法，称之为“生灵”，内在有强大怨念、欲求不满的栖息物，它会在主人意识之外活着，依附在跟他一样饱含怨念的人身上。

吉翁的母亲与兄长很像这样的生灵，每日里不哭不笑，如机械般运作。半夜母亲窥伺着汤姆与吉翁哥哥睡觉的声息，在餐桌上，吉翁母亲突然呼大儿子法兰西巴掌，而法兰西则会时不时勒打半梦半醒的汤姆。在这恍若世界尽头的地方，三人在彼此监视着，成为对方的犯人与狱卒。

汤姆黏在这蜘蛛网上，振翅拍打声不断，但又沉溺于自身羽翼拍出的粉尘。试问，哪一刻能如此鲜明感受到自己的“存在”。在法兰西的暴力下，汤姆几次想逃跑，第一次穿过十月的玉米田，被肥大的枝叶割得全身是伤；又一次明明开上了公路，却又自己折返，后来还把朋友莎拉骗过来，当莎拉发现汤姆被法兰西打得一身瘀青时，劝他快逃，他则说自己是法兰西在这荒芜之地的唯一指望。

法兰西一再提出想卖掉农场，但对于汤姆的落跑，他却说：“没想到你跟他们都一样。”代表法兰西根本没有想过要离开这个地方。他跟《惊魂记》贝兹旅馆的诺曼·贝兹一样，从幽怨生灵变成了地缚灵，盘根错节于他人眼中，沉溺于自己的故事。而故事一旦被自己写定，人生很难真正展开。

法兰西与母亲紧抱着回忆，哪里也没去成，彼此看着对方，如玩味着镜中的自己。

汤姆开始写下的与自己的诀别书，不无戏剧化的给了自己一个重生的开始，为了栖身农庄，改编自己与男友的过去。汤姆的男友吉翁，死后家中没有收到一通慰问电话，丧礼没有友人出席，仅在同事莎拉来访后，我们才拼凑出这人曾存在的片段，却发现吉翁有那么多的炮友。汤姆并不意外，平静地问莎拉，吉翁与她偷情的次数。原来他与吉翁的交往，也寄生在他改编的故事里，吉翁的偷情，他早就有数，但前后的脉络，都消失在他的故事里，将自己不愿意面对的都一一删除。如同他对吉翁母亲说的一连串的谎言，看似被逼迫，其实他也享受这种欺骗与再造。这段恋情的真假与深刻与否，都画下了问号。

汤姆一直可以离开农庄，跟那对悲剧母子的束缚没有关系，囚禁他的是自己内心的迷宫。法兰西给的一身伤，农场上被拖走的死牛，都让他鲜活地感受到了自己肉体崩裂出的血花。那些无法证明的自身存在，都因为那一瞬间，得到类似重生的感受。他对自我的认知，像吉翁的存在一样，都是无法被确认的噪声。

于是电影中的最后一幕，汤姆虽离开了农庄，却埋下打算回去的伏笔。

许多人看镜子，习惯做着各种动作，你慢慢地清楚自己什么角度、什么表情最讨喜，你就开始迎合镜中的自己、别人眼中的自己。接下来，镜中世界开始预设你的反应，而你也乐于跟着这暗示走，如同镜子里先有人似的，才有你自己像猴子一样跟着学把戏。这样鬼气森森的镜像，其实是很多人社会化的过程。汤姆无法离开别人（镜子），必须要在别人眼里才能找到自我存在的意义，因此法兰西可以轻易将他当成人质。栖息在镜中的故事，总比自己悄无声息、不明所以的活法要壮烈凄美。而终有一天，镜子里的人会走出来，取代本人。

有些人，本身是自己最不敢面对的恐怖片，只要能让“自己”下档，愿意接受各种形式的控制。汤姆的农场旅行，他其实也是“回家”了，被生吞活剥地进入镜子的另一头，完成了他虚构人生的仿生术。

太宰治

我的灵魂与我之间的距离如此遥远，而我的存在却如此真实。

《汤姆的农场旅行》是2013年的法国心理惊悚片，由才子哈维尔·多兰执导。电影改编自米歇尔·马克·伯查德的同名戏剧。该片在威尼斯获得了国际影评人协会奖。故事描述在广告公司工作的汤姆是个同性恋，他参加了男朋友吉翁的丧礼，但在场的人却没有人认识他（因为众人并不知他与吉翁的关系），吉翁的农夫哥哥法兰西不喜欢他，并要求汤姆在吉翁的母亲面前演戏…… 在这封闭的农庄，汤姆陷入了无止尽的家庭纠纷中……

这世界里里外外都充满了回音，
供我们在音乐盒里跳舞。

俄罗斯套娃的谜中谜

——《丹麦女孩》的莉莉·艾尔比

有一天，蜷缩在柜子里的主角终于勇敢地敲掉了锁，打开柜门走了出去，却发现外面原来是另一个密室，里里外外都充满了回音。原来人生其实是俄罗斯套娃来着啊。在商业催眠下，性别被彩色包装纸裹住，一层层添加了跟本质无关的装饰。

穿着裙子，拿着西装，左边的门通往男性之地，走进右边的门则是成为一个女性，两边都贴满了规定与说明，在还没搞清楚前，人已呱呱落地，然而精神从生到死都找不到该从哪扇门进去。

那纱裙、蕾丝、绸缎，像自我身体的延伸发芽，好像可以借由裙摆长出些什么，是否能帮我旋转出花一样的绽放，结果都穿上了，为何却像身体上的违章建筑？可是脱下来后，光溜溜的身体要怎么回应这个世界？性别意识是自我辩证而来，还是自觉的发展？或是接受了社会的暗示而形成的？我的身体在跟我对峙，世俗的规则像纠察队挡在中间，好似无法妥协的两个陌生人。

对性别的认识，有点像是青春期初次参加集体化妆舞会，内心怀有几分忐忑，你看着他们在舞池里旋转跳跃，慢慢也学到了几分姿态，开始领会舞会入门的秘诀。此后，你参加第二场第三场舞会，你抓到诀窍，开始选用有自己独特个性的面具与礼服，人们也暗示你做得不错，你逐渐享受在舞池里游刃有余的滋味。

然后随着舞会越来越多，你或许开始迷惑，为了在舞会中最受欢迎，到底要如何装扮自己？女人到底要要多像女人才是女人？要多像男人才称之为男人？剔除了那些商业化的元素，自己的性别究竟该呈现出怎样的样貌呢？社会性别有那么多层衣服，一件套一件，里面那个瑟缩的娃娃何时才会显露出本来的样子呢？

《丹麦女孩》中莉莉·艾尔比原名埃恩纳，他试图抽丝剥茧，还原自己的性别原貌。这并不容易，这世界给了我们的设定，不只是性别，还有身份、阶级、地位、族群的不同包裹，每个人活在世上，都无法逃脱被定义。

埃恩纳是一位风景派画家，前半生痴迷于表现故乡的风景，细细描摹故乡的天色一点点暗沉下来，树枝被风压迫无法伸展。他把带有疑惑的自己封存在那些风景画中，留下已社会化的部分飘飘荡荡地游走于社交场域。因一袭芭蕾舞衣，唤醒了内心沉睡已久的“莉莉”，他为自己的性别认同，不惜以一己之力对抗整个社会的偏见，甚至赌上了自己的生命。

然而埃恩纳想追求只是性别的认同吗？从他的那些画作中可以看出，画布上都是被囚禁的自然景物，那三棵歪脖子树不就是埃恩纳自己？生于沼泽，被混沌包裹牵制，想要挣脱，渴望重生。而埃恩纳想突围的似乎不只是“莉莉”，而是被经年压抑的人格错置。穿上绸缎裙子、套上丝袜的那一刻，他第一次感受到能自我定义的自由滋味，像糖果在舌尖轻柔化开，抚慰你的每一个味蕾，那是一种极致的满足。

有人觉得，被禁锢已久的他，好不容易从性别箝制中爬出来，追求的却是个非常极致的女性形象，岂非是另一种囚禁？

但糖果滋味不断在口腔里发酵，他已沉迷不能自拔，在身体还非常虚弱的时候，不顾妻子的劝告，接受了第二次手术。他所追求的女性形象是海市蜃楼？还是人类不可能达到的真正自由？那是借由丝缎轻擦过双腿带来的最纯粹最自由的释放。

两性除了在成长期初步分类了自己，之后都少不了加入模仿秀的部分，合乎性别的样貌不论是精工还是粗模，都有统一的共识，在那个前提下才能发展有限的自我，到底是做“人”在前，还是性别优先？这跟埃恩纳追求的本质的解放并不相同，于是当他可以开始当一个“女人”时，没有前半生的准备，就跌入了到处都是有形无形女性样板的房间，充斥着“你做女人永远不够好”的回音。他只能选择用一把手术刀破开身体，去追求一场短暂的美梦。

我们眼看着他终于勇敢地敲掉了锁，打开柜门走了出去，却发现外面原来是另一个密室，里里外外都充满了回音。原来人生其实是俄罗斯套娃来着啊。

从埃恩纳·维金纳到莉莉·艾尔比，人们接着撞墙而出，却发现四面八方都已无真实可言。

张爱玲

衣服是一种“袖珍戏剧”。

《丹麦女孩》为 2015 年上映的英国传记电影，由汤姆·霍伯执导，改编自大卫·艾伯豪夫 2000 年出版的同名小说。奥斯卡影帝埃迪·雷德梅恩在片中饰演世界首位变性人莉莉·艾尔比。描述 20 世纪 20 年代的哥本哈根，艺术家格尔达让她的丈夫埃恩纳充当女模特。之后埃恩纳开始变得女性化，开始以莉莉之名过着女性的生活。最终艾尔比成为首位接受女性变性手术的男性。

孩子，这里是兽笼，
所以怪物没地方去。

我们这些
像怪物的孩子们

——《怪物之子》的九太

前方那身影是爸爸吗？追上去看看吧，没想到人群马上淹没了他的身影，我自己迷失在人海里。谁能告诉我，这城市为何像一片深海，大人都在里面浮沉？一郎彦啊，我们这种怪物的孩子，未来要走向的是大人们的修罗道，还是未知的怪物界呢？

孤独到底是自我选择还是天生注定？这城市是一片暗海，人们在黑暗里浮沉，捡拾一些浮光掠影来喂食自己。霓虹的光如鱼饵一般漫天飞舞，有些人上了钩，痴痴地追着光跑，越漂越远。有些人明白那不过是幻象，留在原地。每个人都泅泳在冰冷的人海里，没人知道方向。

有一晚，我在街头流浪，一个老流浪汉分给我一点面包，那是他每晚在便利店门口捡来的，他喝着廉价的米酒，昏昏沉沉地跟我说：

“很久以前，人鬼生活在两个世界，彼此守着各自的楚河汉界。那时人会三五成群，穿梭在野林荒草之间，赶路时会抬头看星星以求指引。砍树前会先跟山神报备，会敬畏地生火祈祷。这城市还没有这么多房地产之前，人其实知道人鬼是必须殊途的啊，于是尽量保有鬼在阴暗之中的栖息地，彼此互不打扰。几百年后，卡车与挖掘机突然开进了各个阴暗角落，到处都变成高楼大厦，所有的街市灯火通明，鬼怪们都没了居住地，勃然大怒，纷纷闯进人的世界。因为城市夜如白昼，时时刻刻都亮堂堂，相形之下，这世上最暗的地方只剩人心。有的鬼就借住在人心黑暗的角落，它们一个接一个地涌入，渐渐把人心填满，在人心里形成了新的街市。”

“那些人不知道自己被鬼寄住了吗？”

“自以为是神的人类，怎么可能会知道呢？”

“鬼的街市在21世纪终于繁荣起来，就像《千与千寻》中那样热闹的鬼街。一个转弯，就是它们的世界，好不热闹，人鬼从此不殊途了。”

我一直记得这个流浪汉给我讲的故事，后来人浪把我们分开，我再也没有见过他。周围的人那么多，我开始分不清谁是谁，谁变成了谁，人是鬼，或者鬼是人。我觉得冷。

这时出现了熊彻，他披着斗篷出现在我眼前，长得就是个怪物，但奇怪的是，他看着我时，我竟觉得那目光是温暖的。跟着他们来到怪物界，我却感到暖烘烘的，筋骨都松开了，毛孔雀跃着大口呼吸。我喜欢这里，在熊彻家住了下来，留了一个叫“莲”的自己在人间，在人海里继续漂荡。

怪物界的白兔宗师说：“只有人类才会被内心的黑洞吞噬，但不是每个人都会。”

我不知道我的心里有没有黑洞？ 但我知道我的心头一直有一股冷风在吹，每日里刮过我的身体和灵魂。我和熊彻一样，无论是人间是怪物界，都没有我们的容身之所。我们拥有的只有自己，所以我们必须努力认清自己，我们才是自己存在的唯一证明。

可要认出自己多难？ 我看着熊彻辛苦地摸索，他老大不小了，却活得跟只刺猬一样，蜷缩在自己的小黑屋，深怕别人来敲门。他不敢收徒弟，不愿意跟他人建立长远的深刻的关系。

白兔宗师让我们去造访怪物界各位强大的智者，他们都提出了“吾为何人？”的问题。有人不断钓鱼吞鱼，只求征服；有人入定成石，求个无为，有人营造幻术，翻云覆雨。原来人间那些大人们的花招怪物界都有。

在人间我不懂，也没有答案。我对人没有归属感，也找不到跟其他人的相同之处，我只能逃到怪物界跟着熊彻练剑。身在怪物界的一郎彦也不懂，他的父亲从小将他认定为继承人严加管教寄予厚望，他因此而产生心魔，开始怀疑“怪物”的身份。

为了证明自己是特别的，也为了证明自己的价值，无论是人还是怪物都在遵循各种期待和设定而活，捏造自己的人生，虚构自己的形象。“做自己”是何等虚伪而愚昧的口号，如果没有真正活过、走过，是不会有答案的。

就像我在日复一日的练剑中，居然开始一点点了解自己的轮廓，才发现只有持之以恒地做一件事情，才有可能跟自己相遇。我终于知道熊彻说的“心剑合一”是什么意思了，心如果没办法像使剑一样看穿光影虚实，人生就会如同《白鲸记》中的船长一样，逐于浪花中，沉没于巨大的无谓里。哪里有自己每一日的投入，哪里才有自己的存在。

这城市的确是暗海，那条鲸鱼始终沉潜在下面，引诱人们去征服它。但在人生的船上，没有比当下做的事更能说明自己的了。除此之外，我确定，你我的人生也没有其他的选择。

大卫·塞林格

我置身此世，但不属于此世。

《怪物之子》为 2015 年上映的日本动画电影，由被誉为宫崎骏接班人的细田守导演及编剧。电影故事以东京涩谷和虚构的怪物城市涩天街为舞台，讲述主角九太在两个世界的冒险故事。某天一人类少年莲遇上怪物熊彻，并跟随熊彻来到怪物的世界，成为熊彻的弟子，并被命名为九太。最初两人冲突不断，但在一起生活和修行的日子里，慢慢产生了父子之情。之后九太长大，偶然回到涩谷，遇上女高中生枫，并与失联的生父相认后，九太开始思考自己该活在哪一个世界。同时，东京涩谷和怪物城市都将发生大事，熊彻和九太，都必须面临重大抉择。

辑四

暗夜红唇的寂寞

『好女人上天堂，坏女人走四方。』
为什么她两者都当了还这么寂寞呢？

只要幸福
就好了吗？

——《纸之月》的梅泽梨花

电影末尾，同事问梨花：“我一直在想，你为何要做侵占公款的事？”梨花并非是个物欲强烈的人，她需要的只是一个更假的天空，来托着她这张纸之月。

幸福真的可以解决寂寞吗？ 只要得到或一心追求所谓的幸福，就能从中得到救赎吗？

但幸福究竟是什么？对男人来说，成家立业功成名就，或是选择宁当loser也不向世道屈服，他们反抗或迎合的目标是清楚的。

那女人呢？这个社会展示了一百种幸福女人的指标：漂亮的脸孔、婀娜的身段、温和的个性、吸引异性的魅力、自己谋生的能力……表面上看要幸福，女人的门槛好像比男人要低，似乎只要会打扮，有个漂亮的外表，就不至于离幸福太远。于是幸福变成了女人的压力，这个世界给了你这么多的渠道和路径，你好意思不幸福么？我们活出的幸福，真的跟我们要的“幸福”有关吗？是否是管他的，先“幸福”了再说？要逃去哪里，才可以有不幸福的女废柴选择？

幸福是只喝醉了的萤火虫，马上就要靠近，突然又飞远了。五分钟后，伴随着广告和你的刷卡，又飞来一个可能性。小小的光亮环绕着你，你随即好像飞蛾一般，紧紧地抓住那点光亮，直到扑上了火堆。

梨花的同事与同学，就是幸福强迫症患者。很多女孩在未成年时，就以“幸福的代言人”之姿，在各大小荧幕上提醒广大的国民们，那在舞台上穿着粉色裙装唱歌的女孩，会为你开启幸福的大门，跟着她们那些闪着荧光棒指向的方向，走进另一个次元。而另外一派少女，则肩负不同的“幸福使命”，她们穿着白衣素裙的校服，绑着马尾，在女校里唱着圣歌，仿佛“天使”的分身降临人间。她们是愈疗系的使者，她们帮着宣传各种幸福的可能性。

直到她们长大，穿上公司冷冰冰的制服，在茶水间闲聊各种八卦。她们所代言的纯真与幸福，像谎言一般苍白无力。

于是她们想要追寻更纯粹更真实的活法，灵魂在呼哧呼哧喘着热气。

梅泽梨花就是如此，少女时期循规蹈矩，用素白的衣服给自己贴上“神圣”的标签。成年之后用五颜六色装扮自己，找寻身体被另样诠释的可能性。

她跌跌撞撞在自己的身体里左冲右突。人们说：“好女人上天堂，坏女人走四方。”为什么她两者的幸福滋味都尝过了，还如此寂寞？

事实上，在亚洲女性的潜意识中，父权社会从没有消失，给了女人“幸福”的命题，实际是套上了枷锁。因为幸福除了是种持续性的鞭策力量，还是要反复被证明的。

梅泽梨花一直努力幸福，小时候从第一次捐钱，发现自己的存在感，从唱圣歌，发现无与伦比的使徒般的兴奋。为了践行修女所说的“施比受更有福”，偷父亲的钱去施舍，满足自己的道德感。她从小就快被自己制作的幸福的形象溺毙了，像被针钉住的蝴蝶标本，专注于无法动弹的圣洁美丽。

长大后，她偷银行的钱去资助大学生。这种圣女的情结，让她恨不得将全身拆散了布施给人。她只是需要别人需要她，在她倾其所有的施与中，她将自己化身为献祭品，又在拯救弱者的想象与快感里，满血复活。

为何有的女人会有这样仿神性的高潮？让自己溶于他人的生命中，化为对方的呼吸与骨血。有人说梨花像现代的“包法利夫人”，其实还糅合了“安娜·卡列妮娜”与“圣女贞德”。

梨花在清晨的地铁站，看到了天空雾白仿佛可抹去的月的残影，释然地露出了一抹微笑。她说：“因为那不是真的月亮，我当时感觉很幸福，虽然感觉很幸福，可我知道这种感觉早晚会结束，我并不难过，觉得这很正常，因为这本来就是镜花水月，虽然看着像是真的，但并不是真的，从一开始，就全部是假的，因为是假的，坏了也没关系，可以弄坏，我不害怕，这么想以后，我的身体好像突然变轻了，我觉得我获得了自由，所以，我做了我真正想做的事。”她对别人来讲，也是一个“纸月亮”。每一个女人，都曾是一个纸之月。没有人关心女人要如何破除这牢不可破的咒语，撕碎这过期的形象。

但身为一个女人，我们都知道把纸之月抹掉是多么畅快的事情。所以梨花抬手，毅然决然地将这纸月亮扯下来，直接投身去了天光大作的世界。

电影《致命魔术》

你正在探索这个秘密，但是你永远不会知道真相，因为你想被骗。

《纸之月》是日本作家角田光代的悬疑小说，2014 年改编成电视剧及电影。故事描述41岁的银行职员梨花盗窃一亿日圆巨款的故事，梨花的盗窃事件让周遭的人也对自身产生了疑问。电影版由吉田大八（《听说桐岛退社了》）执导，此片入围第 38 届日本电影学院奖最佳导演提名，宫泽理惠亦以此片获得第 27 届东京国际影展最佳女主角奖。

亲爱的少女啊，
没有人认识你，
你们是同一个人。

当我们信奉了
“少女”这个宗教

——《黑天鹅》的妮娜·赛耶斯

从没有哪个时代像我们这样一直过度消费少女形象，女性可以靠花钱维持在少女的时空，而男生则可以不断下载少女的魅影，让维纳斯的诞生可以无限次倒带，反复走出她那巨大的贝壳中。我们都是少女的信徒，而《黑天鹅》中的妮娜则是为此殉道的圣使。

女孩们，如果沉迷与舔舐梦境的甜蜜汁液，会很容易在自己的梦境中溺水。我们听到好些扑通声，女孩就再也没有浮出水面了。

法国流行音乐教父赛日·甘斯布曾在《做梦的香颂娃娃》里面唱道："蜡娃娃、木屑娃娃"，描述娃娃光洁的蜡面里，满是木屑，外观一旦斑驳有缝了，只能不断从外补强，但也挡不住里面想要呼之欲出的木屑、棉絮与米糠。那就先弃置一旁吧，娃娃的主人都会这样想，而房间里仍继续放着"少女的祈祷"催眠，让那空间像梦境一样昏沉。所以，女孩，持续旋转吧，让你的花裙子飞扬，不要让我看到里面败絮飞出的画面。这就是很多少女的成长处境，包括《消失的爱人》里的艾米，还有《黑天鹅》的妮娜，她们都被做成了蜡娃娃。

妮娜的房间满是粉色系的洋娃娃，家中除了她母亲的房间有鲜艳的色彩外，全是粉嫩的浅色系，妮娜的衣着也仿佛要飘起来的浅色云雾。电影一开始，妮娜如《绿野仙踪》的桃乐茜，走进冷硬色调的捷运里，她的周身散发着柔和的光晕。车厢里一个一袭黑衣的女孩吸引了她的目光，黑衣女孩看起来冷酷又倔强，完全是跟她相反的人设。黑衣女孩自此仿佛像个噪声时不时出现在她梦里，让她难以释怀，原本她的蜡世界应该是坚固无比的啊。

与其说妮娜喜欢芭蕾，不如说她想活在她的"八音盒"里，像“白天鹅女孩”一样，柔美、顺从、脆弱，像个易碎的精美瓷器，符合所有人对少女的期待，一切不属于尘世的美好都拼贴在“少女”这符号身上，白天鹅最后也成为自己的“少女形象”的殉道者，温顺地接受死神的屠刀。

美丽婉约的女孩总在文学作品中甘愿被牺牲，成为自古以来人们信奉的“少女大神”的献祭者，白天鹅一身洁白，死于黑暗，是种不朽的经典意象。京剧《游龙戏凤》的李凤姐，“香消玉殒”是她人生的高潮，灰姑娘与白雪公主纷纷以被迫害的形象出现，这些“神圣女孩”意象一直传承下来，于是不肯顺从的包法利夫人与安娜·卡列妮娜都是“附魔者”，背叛了女人千年的神圣受害者情结，人人（尤其是女性同胞）得而诛之。

妮娜就是活在这样的社会暗示中，所有的不洁思考与野心欲望都像癌细胞，破坏着她的娃娃屋。而她自命为女儿牺牲一切的母亲，则把妮娜当成自己生命亏欠的成全，除了画室，屋子里装潢得像一间梦幻娃娃屋，包括女儿都是她生命中收藏的娃娃，保持其白璧无瑕，成为自己肉体的延伸。因此妮娜从来不知道“洋娃娃”之外的人生是什么？如同《消失的爱人》的艾米把父母为她编织的童话《神奇的艾米》演成番外篇，《魔女嘉莉》中嘉莉必须背负她母亲的心魔。

而这些蜡娃娃们，一旦开始有了裂缝，就会像癌细胞一样疯狂扩散，于是她们只能不停地往上打补丁。可是又不由自主地想把背上抓出更多的裂缝，想把指甲拔掉，让里面的木屑与败絮都一口气洒出来，如同我们忍不住想拉撕指甲旁破皮的冲动。因此妮娜想与代表“黑天鹅”的莉莉交媾，进而想杀死莉莉这个身体里的毒瘤，不过都是她在娃娃屋里的独角戏。制造出童话里的恶毒后妈和皇后，自己的“神圣”戏码才能演得下去。像中世纪那些修道士，借由鞭笞自己来求得自我洁净，自虐常被暗示为成圣的捷径。很多女性也是这样，沉溺于感情中的受害者角色，借由“爱情”这一手段成圣，把爱情之路当成去耶路撒冷或麦加的朝圣之路，以悲剧性的毁灭来取代找寻生存意义。

《黑天鹅》中的芭蕾老师托马斯也一直着迷于白天鹅的悲剧性，因此他没真换掉表现不稳定的妮娜，之前重用贝丝，也是因为贝丝灵魂里的撕裂和骨子里的混乱，他发掘出这两个女孩的易碎性，痴迷于呈现这种破碎的瞬间。最后，妮娜在后台杀死了自己内心的“黑天鹅”（捅了自己一刀），成就了白天鹅的“完美”，悲剧诞生了。

“少女”到底是什么？ 在当今社会，“她”脱离了本体而被商业化戏剧化，在广告与电影、童话与漫画的宣传下，她是个有广大受众的商品，是最完美最值得估价的艺术品。尤其在舞台上，当“她”美美地出现时，如维纳斯从贝壳里诞生，“她”的单纯与美好映衬得其他的东西复杂又肮脏。于是她变成主体无法控制的东西，成为众人幻想之“逸品”。很多女性在资本主义的催眠下，接受了“少女”这座神像，即使长大了，也不愿意离开“少女时空”，终生无法抽离这个角色。

如今大量偶像剧、歌曲、服饰、化妆、医美、自拍都是“少女教”传道者，鼓励我们精神上折返永远当个“少女”。“少女”情结永远可以连载，男生永远可以在网络下载“少女”。“少女”这宗教成了资本主义的火星塞，被符号化后，比以前任何时代更加壮大，白天鹅的悲剧无处不在。那因为自恋而自怜的“白天鹅情结”正在蔓延中，无足轻重于人生，却足以浪费你的大半生。妮娜忠于诠释“完美少女”这一符号，求仁得仁，成为此教殉道者，而更多在“少女”消费文化里无可回头的信男信女，选择消失在wonderland中。

“蜡娃娃、木屑娃娃……”讨厌，怎么又有木屑跑出来了，比起表面的洁白光亮，这些败絮真令人厌恶啊，那先把这一个丢旁边吧，换一个新娃娃。好在如今这个“梦”是怎么样都做不完的啊。

伦纳德·科恩

万物都有裂缝，那是光照进来的契机。

《黑天鹅》为2010年轰动一时的美国心理惊悚片。由娜塔莉·波曼、米拉·库妮丝、文森特·卡索等主演。故事描述纽约一个著名芭蕾舞蹈团将演出《天鹅湖》，舞团需要同时能诠释纯真白天鹅及具有攻击性的黑天鹅的舞者，舞者妮娜苦练半生终于入选，但在练习过程中因发现自己的黑暗面，而感到有巨大的压力，不断产生幻觉而崩溃。导演达伦·阿罗诺夫斯基援用陀思妥耶夫斯基的《双重人》作为电影的灵感。《黑天鹅》上映后在票房与口碑上皆获高度肯定，此片在2011年奥斯卡金像奖获得五项提名，女主角娜塔莉·波曼凭此片中的演出获得奥斯卡最佳女主角奖。

爱情啊，多少人假汝之名，
行去我之实。

是谁
更需要爱？

——《被嫌弃的松子的一生》的川尻松子

的确，我们都会讨厌她，为什么？就好像大白天有人醉醺醺地走在路上，你说了一句："你怎么不好好看路啊！"但你一端详，这人衣衫破烂、满身臭气，怎么还张开臂膀要拥抱别人？"笨蛋，你难道不知道要小心点吗？要像我一样小心啊！"你突然噤声，对的，你必须讨厌她，你哭着决定这辈子都必须讨厌着她。

看电影的时候，几乎每个观众都讨厌过她吧，好像她是体内的肿瘤一样。“不堪啊！”人们心谷响彻着这样的回音，所以你毫不意外跟她交往的人都家暴她（只有一个没有），对方认为自己有多么不值得被爱，打她就有多用力，“拜托，就让我像臭虫一样活着吧！”电影结束后，你打了一个冷战，这个令人讨厌的松子怎么又让人有点想哭，你感到好像又有人在远方啐了她一口。

川尻松子不知道自己为何让人讨厌，愈讨厌她，她就愈拉着你，然后做出她的招牌鬼脸。人们后来在河边发现她的遗体，邻居这样说，“她全身散发一股臭味，半夜会莫名其妙地尖叫”，“她从来不做好垃圾分类”。从没有家人来看过她，死后只有不认识她的外甥不甘愿地跑来收拾她的遗物，在满屋的垃圾中，唯一能辨识的物品是台电视机，还有墙上杰尼斯男孩团体“光 GENJI”的海报。电影就是这样开始的，她以寂寞到发臭的形体登场。

的确，我们都会讨厌她！就好像大白天有人醉醺醺地走在路上，你说了一句：“你怎么不好好看路啊！”说完你心头一紧，也是在提醒自己要好好看路，冷风吹过，你拉紧领口，像在涩谷地铁站鱼贯出来的人们一样，告诫自己不要踏错，不要掉队。在这精神抖擞的城市，没有人有荒芜的权利。而松子，她像团烂泥，没有人想要关心她这一生艰难跋涉的缘由，人人掩鼻避之不及。她却兀自地笑开来，想要拥抱路过的你。

她完全不符合都市的丛林法则，我们从小被教导要“爱自己”，若不知道自己是谁，那要怎么爱？松子的前半生，有卧病在床的妹妹，有因为心疼妹妹而眉头深锁的父亲，她永远不在众人目光的中心，所以她总是扮鬼脸想要赢得父亲的一点关怀。后来当国中音乐老师，她的世界里都是孩子，所以她化身为电影《音乐之声》中的女教师倾心付出。再到后来为了供养爱情，她是色情歌舞女郎。她的每一个阶段都在为他人而变身，没人知道真实的松子是什么模样，她自己也不知道，不知人说的爱“自己”究竟是要爱什么。

松子在跟了黑帮小弟后，对劝阻她的好友说：“就算要跟他一起下地狱，也是我的幸福。”她给男子偶像团体的信中写着：“眼中只有你的我，感受到无上的幸福。”仿佛在那一刻才对焦了自己。她和闺蜜阿惠都相信《白雪公主》的童话，童话里的女主角倒霉的时候，最后都是被爱情给拯救。于是许多女生长大后，当前方路况不明时，会下意识地期盼爱情杀出来扮演指引者的角色，期待爱情把她们从平庸的日常中带走，将人生粉碎后重组。“被殴打总比孤独好。”她宁可选择悲剧，也无法面对自己的孤单。

当松子迟疑要不要与以前的学生发生关系时，面对自己幽暗的房间低语：“反正出去也是地狱，在这里也是地狱。”于是断然扑向一段毁灭性的关系。在快被自己的孤单冷死前，去跟着所谓“爱情”走，完成自己的壮烈成仁，与其说是在恋爱，其实更像是信奉一种叫“爱情”的宗教，对方是谁或对她如何都没关系，最后无法善终也无所谓，她是信徒，人生的目的是一再验证爱情的伟大。她对爱情像只温顺的羔羊，无比虔诚，愿意供奉自己的一切。这是她唯一认知的可以跟他人建立关系的方式。不管恋爱的对象是谁，只要爱情不灭，她愿意做土耳其浴女郎出卖自己的肉体，她愿意用身体安慰刚刚丧偶的好友，她上瘾于爱情这个奉献仪式。包括对陌生人偶像光GENJI的痴迷，如在望夫崖的痴痴守候，因对方的无从拒绝，她可以无穷尽地投入这种类似爱情的想象。但这些关系中，没有一种是足以让她确认自己而不感孤单的。

从童话到偶像剧，爱情被当作人生的灵丹妙药，让人们甚至不惜饮鸩止渴。爱情成为寂寞的周边，在虚无年代里收留大批无名氏，以爱为名，行去我之实。我们到底是信奉爱情，还是只要爱情这形式?

然而知道爱情被这样操弄的我们，心中都有一个“松子”，我们总是用力地打骂她：“不可以再这样丢人现眼了，给我收敛点！没有人会像你这样爱人了啊！”这样说的我们，其实每个人都哭得比松子还大声。

太宰治

这是我对人类最后的求爱。尽管，对于人类，我满怀怯惧，但却如何也无法对人类死心。于是，我依靠着“搞笑”这根细绳，维持住了对人类的一丝联系。

《被嫌弃的松子的一生》为2006年的电影，改编自日本作家山田宗树的畅销小说，电影由中岛哲也编剧、执导。故事内容以一名担任国中老师的女性川尻松子为主角，以她的死亡为开场，由外甥川尻笙清理姑姑的遗物，进而了解松子充满波折的人生，如何从老师变成杀人犯，并陈尸在河边公园中……，也因为姑姑的人生故事，让川尻笙重新思考自己人生的意义。此片获日本电影学院奖与亚洲电影大奖等多项大奖。

我们栖息于光纤上，
日日啄食网络的细沙，
一如夏季的知了。

定制人生的分裂和反扑

——《富江》的川上富江

我们人类活在计算机时代里，其实并不是我们用电脑，是我们逐渐被计算机同化了。在它们的世界，我们的配置必须不断被拆解与升级，如《攻壳机动队》《阿基拉》的预言，我们用计算机取代了神。我们活在欲望的潘朵拉盒子里，成了“富江”的载体，随“她”在其中解体、升级后重生，人类逐渐重新再“发明”了自己。

“魔镜啊魔镜，谁是世界上最美的女人？”事实上，人若能有这面镜子，不会只问魔镜这句话，或者这句话背后的含义是：“我可以因此获得些什么？”“在别人眼里，我是不是我想象中的那个我？”我们早上起来照镜子，之后一整天接触各种不同的人，每个人都像镜子一样照出我们不同的剪影。回到家后，那些剪影又拼凑出一个我不是很认识的自己，远看很蒙太奇，近看又似曾相识，我们认识的自己不断在重组中。人，连对自我的认识都是非常“西西弗斯”的，日复一日，将巨石滚上山坡又坠落。每天的自己都在背后消失，不知掉去哪里，而知道正在改变的自己，唯一能确认竟只是“改变”本身。

那伊藤润二笔下的富江是什么？ 妖娆蜷曲的女体、无限伸展的粉红肉胎、新鲜活泼的青春、少女流水线上被定制化的粗胚原型、男孩内心储存的初恋的样本。一旦破了蛹，“富江”这复制的幻影就会被猎杀。

她生来就如《聊斋》中的女鬼，凉呼呼软绵绵，既清纯又妖艳。《聊斋》世界的女性之所以能百年来撩拨人心，让人骨子里飕凉骚痒，是因其表面上是香软人形，仿佛崩裂开来是流体。在她们的怀抱中犹如在母亲的羊水里，那是最舒适最温暖的地方。富江是每个被定制的人所期待的美梦。

富江在漫画与电影里，总被分割肢解，因为现代人的潜意识中，自己多少是被定制化的，由不同的流水线制造出来，最后把四分五裂的部件拼凑在一起。这些定制的部件需要不断迭代，脑袋里储存器要扩容，脸蛋要迎合不同时期的审美观做微调，审美及时更新以跟得上时代的潮流。我们人类活在计算机时代里，我的思维方式也逐渐被计算机同化了。在计算机的世界，我们的配置必须不断被拆解与升级，如《攻壳机动队》《阿基拉》的预言，我们用计算机取代了神。我们活在欲望的潘朵拉盒子里，成了富江的载体，随她在其中解体、升级后重生，人类逐渐重新再“发明”了自己。

有人说计算机里是虚拟的世界，然而它正取代真实或者变成真实。富江只是其中一个成功的模块，她像个源代码，不断自我复制，像是《黑客帝国》中的特工史密斯。大小荧幕上都有富江的身影，整个社会都在消费富江的形象，培养出了无数的信众。扎着马尾、穿着校服的女生，坐在脚踏车后面翘着脚，永远不会长大，被所有的男性孜孜以求。

少女在艺术中，被当成形而上的象征。川端康成一生都在寻找最纯洁女性的救赎，《了不起的盖茨比》中盖茨比将黛西当作绿光。少女形象总成为熟龄男性胸口的一枚徽章、疲惫人生肩膀上停留的一朵蝶。

少女在商业中，被意淫和消费。富江之魂游走在各时代，以不老的救赎形象，成全了男性自以为是的浪漫和想象。于是虚拟偶像、电玩美女、充气娃娃等“伪少女”大量诞生，男性可以借此再次展开貌似诗意的长征。

富江走不出男人的青春期，那对女人来说呢？ 我们女生从小面对一个问题，你要加入“富江”团队还是不要？选择了可以一键加购的完美脸蛋，人生是否就开启了easy模式？外貌是否是很多事情的先决条件？你就算不选择加入富江的外貌团队，富江也无所不在地在各种媒体提醒你，寄居在你心底邪笑，仿佛她代表的是自古以来的“物竞天择”，于是你必须像打怪一样将她消灭。很多女人内心都有个“富江打怪机”，然而她会不断复制出幻象，在你耳边碎碎念：“你真的不选择一个抄近路的复制人生吗？”

于是“富江”对男人而言，是个除垢机制，如精神上的堡垒、无人踏足过的桃花源，而对女人而言，则是争夺自己身体主宰权的战争。西蒙·波伏娃说：“女人不是生来是女人，是逐渐变成女人。”所以女性这一路所接受到的引导和暗示，是要成为“富江”，还是自己呢？

这社会愈老龄化，我们愈恋栈青春，把“年轻”物化以供消费，更当成一种宗教来迷恋。我们的每个配件都被暗示要维修要升级要年轻化，来配合计算机时代营造的桃花源。为了进入桃花源，我们精神上要逐个更新“少男”“少女”程序。许多现代人一直停留在少男少女时期，没有经历过完整的成熟期就老了。

富江这永不停歇的再生代码，跨时代地驾驭了人们的行为，这只是一部恐怖漫画吗？还是一条人类正集体逃离现实的不归路？

伊塔罗·卡尔维诺

我们所选择并珍视的生命中的每一样轻盈事物，不久就会显出它真实的重量，令人无法承受。

《富江》为日本漫画家伊藤润二的第一部作品。1986 年漫画《富江》拿到恐怖漫画奖项“楳图赏”佳作。1999 年《富江》被首次搬上银幕，由菅野美穗饰演。后来陆续被改编成电影，改编次数之多成为漫画界的传奇。故事讲述了拥有美丽外表的川上富江，散发一股魔力，会让男人陷入疯狂的迷恋。男人为了亲近富江，不择手段地讨好她，之后又会因强烈妒恨而杀害富江，但富江总能如妖怪般重生。富江之间也会互相残杀。此故事背后的隐喻一直被漫画迷热烈讨论，到现在仍是漫画界的经典作品。

四面八方的魔镜在思考，
掩门，巨兽的鼻息仍在窥探着你。

梦中的鬼屋里住的是谁？

——《猩红山峰》的伊迪丝·库欣

许多女生从青春期开始，就清楚地知道异性和整个社会喜好的是哪几种类型的女生。但到底要像哪一种看齐？这就是童话中有着强烈暗示的“玻璃鞋”，没法套上吗？就去割肉吧。割了以后，等于割掉了自己的不同处，被割下来的血肉和魂魄集结成一座无法跨越的“猩红山峰”，关于女人的真相，世世代代被困在里面“搞鬼”。

有些女生在成长期时，会长出“第三只眼睛”，用来观望别人对她的评价，如同雷达一样小心谨慎地寻找着父权社会的标准。她们通过这第三只眼睛来衡量若不依从父权价值的女性会有怎样的后果？顺从的是否会讨到便宜吗？

当然，《猩红山峰》里面的女主角会告诉你，她不需要这第三只眼，她自认是近代的知性女性，可不是封建体系下的产物。可是她从小梦到的母亲托梦要她小心“猩红山峰”是怎么回事？那里面住了谁？

多数的女人，第三只眼是基于求生本能而催生。如作家吉莉安·弗琳《搞鬼》一书中的女主角，小时候陪妈妈行乞时，必须扮演没钱上学的优等生，妈妈穿着破洋娃娃装，她则穿着快塞不进去的童装，两人像从某个好人家的阁楼翻出来的过期娃娃，在路上乞讨，编几段路人爱听的故事，或者把自己的人生讲得无比可怜以博得同情，或者将自己的人生篡改成励志小说的开头以博得赞赏。根据“客户”类型，抽取最匹配的谎言来行乞。发觉西装革履的男性给钱最小气，就不会浪费太多时间，一脸单纯的单身女性最容易被打动也最大方，就好好发挥演技。一整个童年的街头训练，让女主角极端相信自己能“识人”的本事，因此后来转战情色业，也能用心理辅导的方式，让对方“宾至如归”。这冷眼旁观的第三者穴居在她的心中，让她生意兴隆，如蜘蛛在网上能探知任何动静，甚至可以假装灵媒。因为那“第三只眼”的养成，很多女人都自认有灵媒的天赋。从《消失的爱人》到新作《搞鬼》，吉莉安·弗琳写的故事有趣在于，她写的从不只是个案，她等于化身为自己性别的驱魔者，驱散那些从封建时代缠缚在女性身上、借由历史记忆反复转生的魔。

许多女生从青春期开始，就知道被异性与社会赞许、喜欢的女性类型是什么样子。这并不难，电视、广告牌、社交软件，到处都充满了强烈的暗示，铺天盖地而来。但就那几种模板，到底要向哪一个看齐？这就是童话中有着强烈暗示的“玻璃鞋”，没法套上，你就去割肉吧。

而《猩红山峰》的伊迪丝习惯着一身雪白，爱写恐怖小说。白日里她是侃侃而谈独立自主的新女性，夜晚她却被早逝母亲的腐朽气息和鲜血的味道缠绕。梦中那向她缓缓爬过来的，是她母亲的魂魄，还是她自己内心的诱惑？

拥有一个这么美丽的舞台（外貌），想抗拒成为父权的傀儡，她是自恋的，也是矛盾的。人有时需要一个悲剧当佐料，让她的自恋可以持久保鲜。有人可能以为成功才是自恋的表征，但如果想拒绝庸俗本身的进犯（尤其是当时女性只有基于美丽的成功），某些人会附着在悲剧的沃土上，才能让内心的自恋益发壮大。

于是她让自己内心的猩红山峰，成为“真实的存在”，不管里面有没有鬼。至于女性心中古典大宅的鬼都从哪里来？其实来自这性别根深蒂固的集体历史记忆。

几百年来流行的女孩样板，不外乎这几种：文静清秀的乖女孩、难以掌握的酷女孩、知性美的闺秀女孩，或是《花花公子》上皮肤上抹了膏油、滑溜溜钻进你梦中的性感女孩。《消失的爱人》中的女主角艾米动静兼备、智商感人、请君入瓮。倒霉的《搞鬼》中的女主角家境不好，没有艾米高贵的身份和社会阶层加持，她该戴什么面具以融入社会？《猩红山峰》里的女孩，则以一个现代白雪公主的分身，必须要找个忌妒她的恶毒皇后，才能成就自己内外合一的雪白形象。

每个面具之下一定有第三只眼睛默默在窥探，这化妆舞会是不是自己占了上风最受瞩目？所以《搞鬼》的女主角自认能驱魔，《猩红山峰》的伊迪丝以为自己能识魔，她们从小识破了各式面具下的心思，对自己的第三只眼有足够的信心。可是当伊迪丝进入了真有可能闹鬼的古典庄园，她就开始发生变化。这不是她熟悉的舞会，而是有墓碑与死人遗物在窥探的地方。这也是为什么从维多利亚时代开始，有那么多女家教进入一个贵族的古老庄园（如《简·爱》），就开始疑神疑鬼的原因。“我觉得这房子在窥伺我。”当社会的长年累月的窥伺成了一幢具体的存在，里面其实充满的都是女生。

为何驱魔总是跟女性挂钩，很少看到男性被附身？在父权社会的认知下，女性是男性的性幻想对象，是犯罪的动机。所以女性必须奋力摆脱这种原罪，就像哥特文学中的女性，不少是教师、牧师的女儿，从小被教导要驱除邪念，日日祷告忏悔，务必成为这世上纯洁的化身，才使得世人面对她们时毫无罪念。哥特文学中的每一幢鬼屋，其实都是女性历史上被除魅的形象，层层叠影，古典的、血腥的、华丽的、不堪探闻的地下室里关过多少个不见容于世间的恶女象征，就吸引了多少女性走进去，去找回自己的完整。

主角进入其中，等于背负着历史上的好女孩与坏女孩形象的两极拉扯，必然会疯在那时空里面，好让其余的女性读者们，以惊醒的“幸存者”身份，在无孔不入的社会监视中，暂时全身而退，逃往一幢又一幢跨越时代的“猩红山峰”。

爱丽丝·门罗

我在十一岁那年看了《小美人鱼》被吓哭，自此希望能够以小说创造一个世界，让当中的女性可以因自己原本的样子被爱。

《猩红山峰》是2015年的美国恐怖惊悚电影，由吉尔莫·德尔·托罗执导。描述19世纪工业勃兴，英国男爵托马斯·夏普发明了一种新的采矿机器，前往美国纽约州水牛城游说建筑业大亨卡特·库欣投资。卡特的女儿伊迪丝才貌双全，专门写作鬼故事，男爵托马斯追求伊迪丝，伊迪丝被迷得神魂颠倒，遂勇敢追随爱情，陪托马斯住在一栋哥特式的百年老宅中。然而这栋可怕的别墅，不但有邪恶的姐姐，四周更是鬼影重重。伊迪丝开始生病，想要找出有关“猩红山峰”的真相。

辑五

完美大脑的寂寞

没有哪一天像今日，
人类想要孤独，
竟是这么需要勇气。

我，
是你们这时代的安魂曲

——《神探夏洛克》的福尔摩斯

是你们的幽微处，召唤出我的本性，且避无可避。于是我的灵魂总是湿漉漉的，要找寻智慧的那把清火，同时无意间照出你们意图燎原的处境。你们把我这一百多岁的老侦探唤回，当作一个末日的骑士，提前来跟你们道声晚安，尽管是罪孽深重的你们也需要一宿安眠。

我一团纠结的灵魂湿漉漉的，需要智慧的清火来烘干。

这人间这样潮湿，好像随时都要滴出水来。我裹紧了大衣，仿佛是隆冬的旅人。人心里没有夏季，我要在这样的湿冷里追寻犯罪的痕迹，观察他人的脸色和呼吸。我要像我的后辈菲利普·马洛、马修·史卡一样穿梭在人群里、暗巷中，我们的眼神必须如预知大雪将至的苍鹰，因为要去的是无人踏足的极地，人心尚未定义与发现的无垠寒带。

我的栖息地，是你的幽微处，追寻罪恶是我的本性，避无可避。人们总讨论我脑中那座奇妙的记忆殿堂，其实他们不知道那里再大都仅能容身，那是我的武器，也是我唯一的避难所。

每个人都有一间密室，只是出入频繁的不同，而我不停地拓建这间密室是想要自救。

有时候，有些人，太渴望独处了，或者发现孤僻的自己在被设定为“热闹”的世间，有些手足无措。于是，在自己可能都没发现的情况下，为自己开发了一间密室，在脑海、在心里，那里没有任何限制。有时进去了，就不太想出来，外面的人要一直敲门或者耐心等待。从密室出来时，发现有人依然在守候，内心就会暖烘烘，视那些还在的人如珍宝；而如果发现外头空无一人，心里难免怅然若失。

小时候，在密室外一直守候的是我的狗，每次我从密室出来，它就知道我“回来”了。

后来，就是华生与房东太太。如果没有他们，“福尔摩斯”这个人也许会像颗人造卫星，哪天突然脱轨消失在太空中。

华生之于我是个重要线索，就像随时可能会失忆的人，需要带一张纸条在身上来提醒你是谁住哪里。这是爱情吗？其实超越了这个类别，我需要回头时看到他，我才能往前跑。

他太安定了，这男人一生只有一念，不可思议地无法撼动，像个基地保护我出发守候我回家。只要有一件确定的物与人，我就有线索回来。任何人都是这样，这世界下一秒可能就变幻成另一张你不认识的脸，需要有个东西有个人来提醒你，确定自己还真真实实的“在”这里。

每个人的天分，其实都来自于他自己强大的需求，我储存了好多他人的记忆，关于我自己的记忆被统统打包放在角落，我无法整理，也不想整理。天分永远找上孤独的人，然后让他更渴望孤独，该死的天分。

我的高智商会让我昏眩，因为各种思绪想法会一股脑从魔术箱中跑出来，需要迅速敏捷地捕捉其中有用的信息，这是相当消耗心力的，所以你们总是看见我一脸苍白地把自己埋在沙发里，那是思维的洪流在冲刷我的身体。只有那些有过“我哪里都不在”的孤寂感受的人，才会任由思绪在身体里奔突，这对身体来说并不好受。

我终其一生都是个孤单的背包客，悲伤的警报有时会突然鸣响。但我不想被谁拯救，我只需要案件来工作。有的悲伤是不想被拯救的，因为那是本质性的，他知道那跟世上流行的任何一种快乐都无关，也不是自身多愁善感所致，而是在悲观中保持希望。这是我唯一懂爱的方式，知道这世界要走去哪里，但仍对它保持希望，是我唯一理解的爱。

有人觉得我的感情很稚嫩，跟我的智商不成正比，是的，我不知道怎么处理小情小爱，我对这世界的深情，把我的个人感情压得粉碎了。每次从脑袋的虫洞回来，我看到的是长长的岁月，而你们直视的是当下的时间，我们看到的维度是不一样的。在岁月里，所有的感情都将像沙漏里的沙一般慢慢流失。我深爱着这一切，包括在沙漏中的人事物，但这令我不知所措。

于是我勤快地查案，为的是爬梳人们的心理，去破解每个人的密室。我一间一间地破门而入，把你们从里面拽出来。我知道我的劲敌莫里亚蒂是为了什么要处处跟我作对，他想要证明我的徒劳，证明我不过是在流沙上盖城堡，他认定人并不想自救，而人也根本不值得被拯救。

岁月的好处是，它会让每个人的人生变成短诗，我跟莫里亚蒂在岁月的两头，采取不同的态度，一头是以现代的功利主义为武器，让那短诗成为一种讽刺美学，另一头是我，只是想维持诗的无解，与它的未定论。

我知道你们为什么喜欢我，你们喜欢那智慧的轻快，相对于拙重的生活钟摆，我让你们感到超脱。但我也知道你们会在21世纪喜欢我这个古董侦探，是因为眷恋我的悲伤。或许是你们觉得已经不会有人在未来的末日里为你们悲伤。然而像我这样不知疲倦的工作狂，热衷于暴露你们的疯狂、阻止你们的恶行。你们被这样的憔悴和悲伤而深深吸引，心里默默幻想着，诸恶皆作的人类，是否能换得这样的死神，让你们平静地阖上双眼，在末日来临之前。

后来有人为我拍了《福尔摩斯先生》这部电影，记录我的晚年，以及最后悬而未破的案子。这部电影里，你们拆穿了华生神话我的企图，华生总是让我如神人一般用光速的智慧穿梭于别人的苦痛，又如铁人一般毫发不伤，我并没有这么神奇。我对被丈夫怀疑神智错乱的安说："我一直也很孤独，还好能用智慧来填补不足。"终于有电影把我当人，我很高兴。

21世纪，你们从历史的尘灰中找出我这把老骨头来崇拜，因为我像个末日来临前的骑士，你们需要有一个人提前为你们哀悼，一个不会被任何鄙贱与卑微念头给吓到的老家伙。你们知道，已经没有哪一时像今日，你们会这样需要孤独的勇气，也没有哪一时像今日，你们在开机、待机、离线后的摩肩接踵中，如此强烈地感到孤独无处不在。

再见与晚安，我最爱且罪孽深重的你们。

夏洛克·福尔摩斯

卡夫卡

我必须大量的独处。我的成就都是基于孤独的努力。

《神探夏洛克》是一部英国出品的电视剧集，改编自亚瑟·柯南·道尔爵士的夏洛克·福尔摩斯系列侦探小说。由本尼迪克特·康伯巴奇饰演夏洛克·福尔摩斯，马丁·费里曼饰演约翰·华生。此剧为英国自 2010 年以来，收视率最高的电视剧集，已在超过两百个国家及地区播放。播出后获得一致好评，并在艾美奖及金球奖上获得多项大奖，为近年来最成功的电视剧集之一。2016 年上映的电影《神探夏洛克：可恶的新娘》为剧集的电影特别版。因饰演福尔摩斯，让英国演员本尼迪克特·康伯巴奇获得了全球的知名度。

所有的嘲讽，
都来自于深爱过。

黑夜，
我的挚友啊

——《神探夏洛克》的莫里亚蒂教授

如同卡尔维诺形容的，皇宫代表的是时钟，每个国王都在里面听着指针的滴答声。身体之于天才也是如此，年轻时身体赶不上心智疾驰的速度，成为一个过量与过劳的载体，老了，天才则将听到身体朽坏的滴答声，只能任凭这皇宫成为困兽之地。而福尔摩斯，你也老了，当你的记忆殿堂不听使唤后，你是否也正经历我当年曾走过的黑暗？

我的一生，黑暗一直追着我跑，因为我不想被我的悲伤所掳获。今晚，黑夜啊，你又来临，那我们好好聊吧，我想这可能是最后一次了。

亲爱的福尔福斯：

等你收到这封信，我想你应该也老了。我从前就知道你的弱点，你不仅是对华生有颗温柔的心，对这世界怀有好奇的善意，还有你这辈子一直躲避的东西，就是你的情感。对我来说，老是解脱，没有人知道情感对一个天才来讲是多大的负担，所以我这一生一直尾随着你，我那颗因为感知过量而千疮百孔的心，必须要知道另一个天才是怎么过活的。

所有人都以为我对这世界是充满轻蔑的，我可以轻易地运用我的数学天才，在金融体系中偷天换日，将瑞士银行的钱窃为己有，如同华尔街如今对你们的合法诈骗。可是这对我毫无意义，得到这个世界或是毁灭这个世界，我一点都不在乎。我只是想以默默无闻的小卒身份出现在你面前，生涩的、胆怯的出现在当时已经被视为天才的你的面前，并假装是你伙伴的男友，被你一眼识破我是GAY。

其实我是想让你看到我的寂寞，多好笑啊！而同时我也知道，你没有我这敌手，会若有所失，就如同你在电影《可恶的新娘》中，一直看到我的幻象一般。你无法接受我的消失，想找寻我，如同我此生一直想找寻你一样。因我觉得唯一能了解我的寂寞的就是你，但你一直相信所谓的“智慧”可以弥补孤单，就如同你在最后一个案件里说的：“我一直很孤单，还好有智慧来填补不足。”我听闻这句话抑制不住地大笑，哪有“智慧”可以填补孤单啊，孤单本身就是个黑洞，会吞噬一切。

所以你一直瞎忙，你不能让脑袋停下来，你默许华生篡改你的人生故事，把你弄得像超人。因为你清楚地知道，除了活在别人的幻想里，你无处可去。

像我们这种人，人们不会真爱我们的，多亏了华生，为你增加了点可亲度，让你像只马戏团的狮子。而我，必须隐藏我的天分，不然他们会追杀我、利用我，如同他们利用艾伦·图灵赢得了二战，又毁了他一样。因此，夏洛克，你最好维持被展示的价值，如同华生为你所做的一样。

天才通常只分两种，受欢迎与不受欢迎的。前者像你一样，活在别人的误读里，扮演一个他们可以理解的角色，让他们借你过超人瘾。后一种就像我，从小别人就怕我，我没有营造所谓的公众形象，而是运用这份害怕，成为史上第一个“犯罪之王”。

当我没有以“天才”为大众服务时，注定要被设定成“怪物”。天才不属于他们那个国度，除非你一再投诚，证明自己是友善的是有用的，并欢迎自己的被“展示性”，才能勉强“居留”于人界。

你有华生这个公关人才，为你塑造形象，但我不要，我不要留不了解我的人在周遭，这样反而会让我更觉得孤单，华生问你为何不想要感情关系？为何没有性冲动？他不了解，我们是害怕的，谁要爱一个异类，或我们是否真能接受自己是个异类？

你是自闭儿，可以关在你的记忆殿堂里，但我不是，我从小困惑于自己的智商和感官，我跟你一样，能轻易发现他人鞋子上的泥沙的线索，观察到西装下的衬衣发黄的袖口，感知到人心阴暗潮湿都快要渗出水来了，感知某位女士温柔的香水与她身体正在激战对话。那些情感信息如大海奔流，从小就日夜惊扰我，所有人的秘密蜂拥而至。除非像你一样关掉情感机制，不然就会像我一样，因种种的不合时宜而疯狂，只能向那些侵蚀我的情感发出战帖。

得知你为了安的自杀（你生前的最后一个案件）而耿耿于怀，认为同样孤单的你为何没办法了解她拯救她。你当初碰到我时，不是也不懂我总是想“找你玩耍”的原因。没人了解的我，未来也不会有同伴的我，可以借由易容术伪装成别人的家人与朋友，那是心都长了茧的人才能做出的事啊。如果伤心就让自己更痛，如果孤单就找人来更讨厌自己，如果有了盼望就去摧毁别人的希望。我当初来找你斗智的绝望，比安还要大上几百倍，但我跟安是一样的，让自己痛到麻木了，就以为会“康复”。

所以我不惜制造任何让你可以了解我的机会，毁掉华生帮你营造的形象保护，让你身败名裂，让你不要活在“天才”的虚荣心里，谁知还是被你以假自杀扳回了一城。你虽然在晚年懊恼华生对你的粉饰，但那让你免于被边缘化。你能享受自己的孤高是因为有群众的膜拜，你是动物园里被标签的王，少数的天才就是这样幸存下来的。

如今你老了，终于体会到我年轻时的感受，天才的情感闸门一旦打开，所有人的情感洪流向你涌来，会让你没顶。你一直让自己的情感冬眠，就像《献给阿尔吉侬的花束》里所形容的，情感年龄若想追赶上高智商时，灵魂将会四分五裂。你有你的防卫机制，躲入你的记忆殿堂里，我们都害怕我们所知道的。

但我可以跟你说吗？我原本是什么样的人？我们的 19 世纪还没有《沉默之声》这首歌，但剧集能穿越，我想你一定听过这首歌了：“嗨，黑夜，我的老友，我又来找你了……人们对着自己造成的霓虹神像，虔诚地屈膝祷告，然而警讯已经出现，在逐渐成形的话语里，警讯中写着：先知的话语是写在地铁的墙上，以及出租公寓的大厅里，在各种沉默之声中低回不已。”我早知道世界必然毁灭，何必我动手，尽管人们知道金牛犊是人类跪拜金钱的源头，但他们还是义无反顾地走入了这圈套，我怎么能不嘲笑他们？我可以盗取全世界的财产，但我只有一个心愿，请别让我再如此嘲笑他人了。

福尔摩斯，我不是你，你是讨喜的，而我是千疮百孔的，只剩戏谑，才能遮盖我疯狂大笑之下的热心肠。你还记得我们在游泳池边，我将华生绑满炸药，来测试你们的友谊，我很抱歉，我的情感终究是被击碎了，我的智商却对此无计可施。没有比我更绝望的人。

你老了，而我已四分五裂，你所幸老来有失智症，让你始终停在“孩童”那里，你一辈子都像个孩子一样被保护，我则是“阿尔吉侬”那接受高智商实验后不惜自毁的老鼠，我这头确定等不到你，已然心安了，就此与你道别。我的黑夜，我的挚友。

你的朋友　莫里亚蒂

欧文·戈夫曼

在精神病院和关政治犯的监牢当中，不论他（被收容者）做出什么陈述，都只会被当成一种病征。

《神探夏洛克》为英国出品的电视连续剧，改编自亚瑟·柯南·道尔爵士的夏洛克·福尔摩斯系列侦探小说。莫里亚蒂是福尔摩斯一生的对手。这部剧集除了捧红饰演福尔摩斯与华生的演员，同时也让“反派之王”莫里亚蒂再次成为关注的焦点。莫里亚蒂在该剧的《致命游戏》一集中登场，由安德鲁·斯科特饰演。

如果我是机器，
会不会比身为人来得更自由？

你我是机器？
还是人？

《模仿游戏》的艾伦·图灵

灵魂是一种精妙的表达式，神是高明的精算师，除了他，没有人能破解那些密码，包括灵魂的主人。艾伦·图灵模仿了机器的思维寻求自由，而许多人则是选择被机器化来放弃自由，灵魂仅被存档。我们跟图灵到底谁比较像机器？谁又比较像人？

可否先听我讲个故事？ 我猜想一个天才的成长经历或许是这样的：他小时候在外散步，看到一群人聚集在大树下，好像上头有人在往下扔果实，所有人簇拥在一起争抢，那果实上刻着成功、快乐、房子、美丽等字样，人人手忙脚乱，但眼睛却一眨不眨地盯着上面，深怕错过了下一个果子。于是他走过去，想看看是不是也能抓住一个。突然他发现旁边的另一棵大树上好像有什么别的东西掉下来，于是他叫那群人也过来看看，但没人理他，也没人看得到他看到的。他看着自己独有的大树很久，感觉有些孤单，终于身后有人在叫他，他跟那陌生人一起游戏一起下棋，开开心心玩了若干年，那人才说明自己是神，那人说："你现在长大了，去吧，应该要加入他们了。"于是他挤进人群里，却不时地回头看，把灵魂留在他的大树下继续跟神一起下棋。

这是艾伦·图灵的心灵速写，也是很多天才的，他们无法真正栖身于现实生活，海明威以斗士之姿想证明其存在，菲茨杰拉德穿梭在宴会残局中，而艾伦·图灵走入机器里……

你要怎么破解、运算每个灵魂的独特密码？ 电影中艾伦·图灵问警探那句话："我是人？还是机器？"其实在问：如果我是机器人会比较自由吗？

他只是想自由。天才悲剧之处，他们知道身而为人的不自由，但那天才的智慧，能被什么捆绑得住？

图灵从小就想拆解自己的这组灵魂密码，质疑自己为何不能与大众的模块相吻合，而且自身的密码还会不停地变化。他活在大量的算式里，照理说是人生至福，因为问题会跟着答案出现，永远会有解不完的谜题，人生不会无趣，像《爱丽丝梦游仙境》的兔子在牵引着他，前往一个又一个绮丽的新世界。他不需要像我们一样有闲暇考虑下午茶要吃什么，明天早上应该穿什么衣服。他的脑子太忙了，而且人脑之外的世界如此广阔，他一脚踏出去了，要怎么回到人脑的世界里，他又如何甘愿进入人间这样枯燥简单的表达式中？

“社会化”讲来简单，老大哥一早设定好了几组公式，让你无限次循环套用，如果你用错了这之外的公式，社会自有纠错机制，让你以为无解或此路不通，于是久了，我们想象不出有别的公式可用，且诧异于他人用了别的公式而能存活，这是我们集体逐步被机器化的过程。

人逐渐被机器化，却质疑机器是否能思考，对图灵来讲是吊诡的事。机器没有情绪的牵制，可以同时运算多组程序，跟《她》中的人工智能一样，它的场域无边无际。而我们人类是被限制的，情绪是思考的看门者，提醒我们某些公式是不可触碰的。所以图灵反问：“你确定机器无法思考，只是因为它们无法用我们的方式？”我们人类的经验值受限，但不代表没有这个公式。

图灵的机器代替了人延伸了思考，终止了二战的噩梦。图灵是像初始的亚当，将自己的一组密码传递下去，衍生出现在如此蓬勃的机器世界，人如今则逐渐不能驾驭机器的思维，甚至还渐渐被同化催眠，由它们带领到未来。

图灵跟我们有什么不同？ 他没有自我与他者认同的焦虑，少了历史暗示给我们的竞逐基因，他像解开了自己灵魂的密码，思考脱缰而出。他与机器相处格外自在，如同当初遇见初恋情人的克里斯朵夫般。他的成长是人模仿机器去追求无疆界自由的过程，与其他人被整个社会“机器化”是两回事。他能与机器沟通，以不同的表达式相伴相生，互相汲取能量。而我们手上紧抱的那几组社会公式，让我们恐惧并拒绝单独与“未知”沟通。

回到图灵心头的症结：“请问我是机器，还是人？”被束缚的灵魂想逃逸，于是发明了机器，但他终究还是人，甚至比任何人都更执着于灵魂的奥秘。只是属于艾伦·图灵的那组神秘的演算式，被公式化的人们强制关机，我们是否比图灵的机器，还要更像机器？

神是高明的精算师，无人能破解他放置在每个人灵魂里的表达式，甚至灵魂的主人也放弃去探索这组密码。于是被机器化的人们不知道自己是机器，所谓“平庸的邪恶”由此而来。灵魂可以缴械，归零后重新开机，自己未必会发现。图灵的问题其实真真切切在问你我，人与机器，我们真能分辨吗？因内心那奇妙的算式，是不会有终极答案的，也正因没有答案的局限，才是人的极乐所在。

如今的我们错在以为凡事都有答案，于是生命看我们陌生，而我们也路过了人生。

奥斯卡．柏尼菲

如果你有问题的话，我不回答，因为你应该享受问题，而非急着找答案，否则就像匆忙吃完一顿饭，只为填饱肚子，剩下生物性的，而没有美学的自我了。

《模仿游戏》为 2015 年上映的电影，由挪威电影导演莫腾·泰杜姆执导。讲述英国数学家、逻辑学家、密码分析学家，被后世称为“计算机之父”的计算机科学家艾伦·图灵，在二战期间带领百位专家研发密码破解装置“Bombes”，协助盟军破译纳粹军事密码，拯救无数人命免受战火摧残的真实故事。片中亦描述战后图灵因为个人的性取向，而遭受英国政府的折磨和刑事指控，最终自杀。直到 2009 年英国首相布朗才代替英国政府对图灵案发表官方道歉声明，英国女王在他过世多年后正式赦免他的“罪行”。本片获得 2015 年奥斯卡金像奖最佳改编剧本奖。

除了因爱而产生的好奇心，
没有什么能迎来勇敢。

我们所深爱的
无用之用

——《史努比》的查理·布朗

人家都说聪明的宠物，都有个 loser 主人，其实不是，我的确是全天下最聪明的狗没错，但查理·布朗是最有智慧的主人。聪明者是那些时刻对着空气舞剑，叫嚣着"讨厌的事情不要过来"的弱者。而智慧者则是背着他的悲剧预感当行囊，相信未知而能走下去的人。但愿我是你啊，查理·布朗，无用之用的代表，却是每个人到后来，都必须相信的那个自己。

早上起来，你总是有固定的节奏，伴随着你那悲剧的预感起床，它像一片乌云时刻跟着你，不知何时就要下起雨来。于是你很珍惜地看着现在的艳阳天，吃饱肚子，准备上课。

但你过得很充实也很满足，有调皮的树叶随风飘扬落到你鼻尖，让你打一个大喷嚏；跟莱纳斯一起吃午餐时热烈讨论人为什么要上课这种问题；或是突然又想起很久以前搬走，但一直无法忘记她的红发女孩。当然，下午你又固定站上了投手丘，又被挥出了安打，轮到你打击时，又被三振了。

你像个注定战败的人，但恪守着自己失败的岗位，兢兢业业。

你读书很认真，这是有目共睹的。你不是会考试的那种学生，但那不会真的困扰你，因为你很快就被窗外的鸟儿给分心，美好的事物随时都会叩门来找你。于是你微笑了，因为那些不关你自己的事情。

虽然觉得书本中的东西有点难以吸收，但是你总是一本正经、很严肃地面对当下这一题，想要全力以赴，但你那要命的悲剧预感，总是让你答错了关键性的一题。你下课后，会忍不住走向露西的心理诊疗室，让她泼你一桶冷水，帮助你完成自我惩罚。你摸着你的小小心脏，希望自己还挺得住。

然而你一定不知道，我跟 Woodstock 看着你生活，真是件很美好的事情。这个圆滚滚的孩子玩也不太会玩、读书也不拿手，但每一刻的查理·布朗都很认真，好像想要试图理解这个世界，别人都没发现缺一角的世界，被你发现了，你开始有点担心，弯下腰找那块失落的拼图。别人都觉得你多虑了，除了你的好朋友莱纳斯。所以你最喜欢到树下跟莱纳斯聊天，或者两人一道看看云，有时你们也会趴在竹篱笆上沉思，仿佛在思考什么国家大事。其实你们聊的话题我觉得好有人生哲理，比如大人追求的快乐跟小孩有什么不同？每一种节目都有它的意义吗？

其实你有点悲伤，因为你希望大家都过快乐的日子，这个愿望可不容易。包括社区所有小动物与植物，你都怀着善意看它们的变化，因此，你应该没发现，它们总是温柔地拥抱着你，让你又心安地睡着了。明天的事情，明天再担心吧，查理·布朗，尽管你相信自己还是做不好。

但你不知道自己悲伤的来源，因为你的心很柔软，小小的一件事可以让你思考好久，也因此你对很多事情都没有别人那么武断，他们这样比较轻松，存储器不用承载这么多的“为什么？”只要记住老师给他们有答案的“为什么”就可以了。不会发现新的问题，只是一直问已知的问题，这种错误，连我跟Woodstock都不会犯的。

而你总忍不住思考某件事中每个人的立场是什么？以及“为什么后来会变成这样呢？”你用你的大脑袋用力思考着，

百思不得其解。那是因为每个人都活进了你的心里，可以在你脑海中每日开一个小小法庭，陈述着自己的观点。你很自然地变成一个观察者旁听者，让每个人都知道你看到他们了，因此每个人在你面前都感觉很幸福。

你也很认真地在看电视，看它到底要跟你说什么？ 你后来会发现它原来是树洞，里面有好多人内心的回音。这样的发明引导了全世界，你一本正经地对待它。这些当下没有意义的事情，以后都会给你意义，当然现在的你还不知道，你只是不想轻易排斥它。

但你必须付出点成本，就是你会比别人悲伤，观察者会知道所有事情都在改变中，你那点悲伤的小预感，让你头上有个小雨季，绵绵的潮湿着，总是徘徊不去。每个孩子都有他拿手的事情，但是你没有，因为你这傻瓜总是很认真地在思考着别人认为没有用的事。那些没有用的事情，碰巧却是世界上最美好的事情。

在这社区里，还没有人发现你是个小哲学家，所有的艺术家都是有哲学细胞的，因为有一大堆无法告诉别人、传达给别人的想法，于是就必须画画、写作、唱歌、跳舞。

但我不是，我可以跟 Woodstock 讲，它似乎都听得懂，叽叽喳喳的没结论。有时，但愿我是你啊，查理·布朗，因为你还不知道你拥有的是什么宝藏，你惶恐地看着这世界，不知道它会怎么对你，或怎么回应你那些奇怪的问题。

这样的你，比那些早就知道自己很聪明，以为自己知道答案的人，要幸运许多，因为知道自己不知道答案的人，这一辈子都不会忘记看看天空，或是看看其他的小生物，体会到自己其实也好小，就可以悠然栖息在别人觉得不怎样的地方，把身心都安顿在那里，如安顿在任何地方。

你为了红发小女生，去看托尔斯泰写的《战争与和平》，那碰巧是我最喜欢的一本书，它重得你都翻不动，但你看懂了，还做了厚厚一叠笔记，因此知道人真的会为了无谓的目的，做无谓的事，这也是画我们的作者舒兹小时候最喜欢的一本书。或许很多人觉得小学生看这本书太奇怪了吧？但小孩如果都看大人为其编写的童书，才会变成一个很奇怪的小孩，那里面有泛滥的温暖、莫名其妙的坏人和突然冒出来的鬼脸。

我们不是这世界的国王，只是一个勇敢小卒，就像我写的小说中，要打败红男爵，做了一堆注定会输的事情，但永远不要以为现在没意义就不做了。红男爵其实不会被打败的，它是我幻想出来的东西，所以我才一直抖擞应战，像唐吉诃德迎战风车一样。别人都觉得他是疯子是怪物，可这也是我跟查理·布朗、Woodstock一直在做的事。大家都以为怪物很可怕，不知道那是自己内心的鬼影在作祟。

花生社区里，没有任何一个坏人，师长的声音听起来像个机器。因为每个人的成长都是自己的事，每个人都是自己成长的阻碍，所有小孩都努力着，认真地对自己变成大人的过程负责。这部分，其实跟别人无关，每个同学都有他的问题，有人依恋着毛毯、有人满身灰尘、有人只想运动、有人变成书虫、有人迷信自己是好学生……在同一班上同一堂课，只有自学的部分会造就你的不同。

所以，查理·布朗，你没发现，虽然大家都很担心你搞砸事情，但你才是花生社区里被依赖的重心。你是大家认识情感的开始，我们在严厉的世界，学不会你的温柔。

人家说，聪明的宠物都有个loser主人，其实不是，我的确是全天下最聪明的狗没错，但查理·布朗是最有智慧的主人。聪明者是那些时刻对着空气舞剑，汪汪叫嚣“讨厌的事情不要过来”的弱者。而智慧者则是背着他的悲剧预感当行囊，永远保有一颗好奇心，相信未知而能走下去的人。

但愿我是你，查理·布朗，无用之用的代表，每个人到后来都必须相信的那个自己。

电影《旅行终点》

我不认为作家比人聪明，更引人注目的应该是他们的愚蠢跟纳闷。

史努比是美国漫画家查尔斯·舒兹从 1950 年代起连载的漫画作品《花生漫画》中，主人翁查理·布朗养的一只黑白花的小猎兔犬。史努比于 1950 年 10 月 4 日在《花生漫画》中出场，运动万能，兴趣是写小说。它总是端坐在狗屋的屋顶上，幻想变成各式各样的化身。电影版《史努比：花生大电影》由成功打造《冰川时代》及《里约大冒险》系列的蓝天工作室制作。史努比将飞上天空去追逐他的头号克星，而他最好的朋友，查理·布朗也因暗恋红发小女孩，开始了自己的成长与冒险。

辑六

铁骨铮铮的寂寞

每个人都将不合时宜地老去，
更将不合时宜地必须飞翔。

欢迎光临
无人之境

——《鸟人》的里根·汤姆森

每一个光芒万丈的舞台，后面都连通着一条狭长的甬道。每一场谢幕后，你都必须再度回到灯光昏暗的破旧甬道，仿佛没有尽头，一路上你不断问自己：“我下一个舞台在哪里？”

没有在执勤时的超人与蝙蝠侠在做什么？ 该死的紧身裤脱到一半时的窘态，恐怕没有人想知道。

那是很尴尬的人生处境。片约过了这个村就没有那个店，下一个舞台怎么一直走不到？偏偏这时候你穿着上一出戏的戏服，刚好是一件不透气的橡胶材质的鸟人装，那套紧身衣让你一下戏，就像个手足无措的笨蛋。

失去了那个舞台，戏服就成为一个突兀的存在，你看过游乐场里扮玩偶的人吗？当背景音乐停下，他们脱下头套，身上的衣服就迅速褪色，那半人半玩偶的家伙走过你身边，像个旧道具一样，人的神魂还没归位，会让你心头一惊，适才那个人是背负了什么岁月的痕迹，怎如此阴沉沉地经过？这些痕迹不只是电影《鸟人》里后台道具间永远散不去的万年灰尘味，始终都在反复粉刷的布景油漆味，你身上的戏服是前几年陆续有人穿过的，甚至还闻得到腋下的味道。在这样的景况下你还要全身心地投入角色，不需要一点疯狂怎么行？

只是现在的演员比起20世纪90年代的演员，更需要疯狂的特质，当年克林特·伊斯特伍德是在蒙大拿的大草原上纵马驰骋，马龙白兰度的教父在西西里庄园下杀人令，如今的硬汉要靠高科技武器与小丑颜色的紧身衣，将自己提升到生物武器等级，在绿幕前与看不见的怪兽作战。好莱坞是个更高级的游乐场，不会让你看到道具下面的狼狈，这色素化与塑料化的世界，充满了五颜六色的怪物与新奇的机器人，只有演员会老去，于是《鸟人》的主角里根·汤姆森在自己撰写的舞台剧里说："我哪里都不在，我不存在。"

真的有人留心看过他本人吗？看过没有穿英雄制服的他？如同我们真的关心过脱掉雷神托尔戏服后，克里斯·海姆斯沃斯力求转变戏路的努力吗？脱掉莱戈拉斯精灵服的奥兰多·布鲁姆后来真有机会能发挥演技吗？当今演员比他们演的角色老得更快，各自仍拎着"哈利波特""美国队长"的戏服找寻下一个舞台，找不到下一个试镜的机会前，之前的戏服就是丢不掉，只能"金刚不坏"地永远活在观众的"不朽"回忆里。他们都跟"鸟人"一样，在那长长的甬道中，拖着无比笨重的戏服，发现这走廊怎么没有尽头。

无论是玛丽莲·梦露，还是《鸟人》中提到的梅格·莱恩都是如此，前者抱着她的裙摆曾飞起来过的珠白色洋装，后者抱着她的文青风衣，发现她们面前的这一道门竟是最后一道门。霹雳娇娃法拉·福塞特跟迈克尔·杰克逊同一天死去，我们却仿佛仍然看到她穿着泳衣在晒日光浴，他们老死在角色里，不知这次的戏服将通往的是明天，还是永无尽头的昨日。我们拒绝"老"，由着他们走进了记忆的迷宫，从此不知下落。而这几年，我们又迷恋那些在银幕上能飞天遁地的男人，穿着看起来就很笨重的戏服，却能直上云霄，其中不无我们的寄托与移情。在电影里那些不得志的人，当起了英雄，谁何其狼狈，谁泥足深陷，我们就愈盼望他们飞得更远。但没有那套戏服，他们算是好演员吗，还是只留给我们在执勤的形象？因此当《鸟人》中剧评家对里根鄙夷地说："名人跟演员不同，不要连你这穿鸟衣的丑角都能进戏剧院。"我们不觉得意外，但资深如她，却不知现在的演员已经没有太多的选择。

如今一个艺人的成名之路大致上是这样的，首先靠话题炒作集聚人气，然后用大制作哄抬，一路有人包围你，人群像波浪一般涌过来跟你握手朝你欢呼，让你没发现自己其实跟别人反着方向走的。

等到人群一哄而散了，你发现自己已被拱到一个无人之境，一个高高在上，却哪里都去不了的陡峭悬崖。就像电影《鸟人》的海报，你飞不上去天空也下不来地面，然后你遂明了众人拱你成名，动机其实跟想捏破塑料泡泡包装的冲动没有两样，如同伴着咀嚼爆米花的咯吱声来解除漫漫人生的瞬间焦虑。

如同《鸟人》中一直回荡着莎士比亚《麦克白》的台词："生命不过是行走的影子，可怜的演员在舞台上昂首又垂头，事过境迁，消逝无痕，这是一则白痴讲的故事，满是激昂语气却毫无意义。"这何尝只是演员，这是每一个人的人生，人们鱼贯拿着自己的戏服到下个舞台试镜，拥挤地走在甬道上，上一个戏的戏服还披挂在身上，是否能在下一个出口找到合适自己的角色？

而有些演员则不一样，他们不认命地想要飞翔，就算破墙而出，被视为疯子傻子也无所谓。正因为是白痴讲的故事，所以更值得传颂，相信这中间只剩勇气最可贵。

一个演员落寞地站在街角，跟一个英雄总被召唤去拯救地球，二者都不知道哪里更靠近舞台的入口。我们或许真的又回到了很久以前，听着台上人讲着暖火生光的传奇，我们也笑开了，如同自己也飞过天际一样。

鸟人正如诗人，每一次的飞行都在验证自己是傀儡的事实，于是在自嘲中又再次飞翔，正因如此傻气，人类才多一点被救赎的价值。谢谢银幕上那些鸟人们飞上爬下，里根·汤姆森不怕老态的飞起与迫降，让我们这群在真实人生中，困窘地拎着自己下一个职场战服在长廊中排队等待的人，能够原谅自己必须如此不合时宜地老去，也必须更不合时宜地继续飞翔。

叶芝

我把我的梦铺在你脚下；轻轻踩啊，因为你踩的是我的梦。

《鸟人》为一部2014年美国黑色喜剧电影，该片由亚利桑德罗·冈萨雷斯·伊纳里图执导、监制。演员卡司包括迈克尔·基顿、艾玛·斯通、爱德华·诺顿等一线演员。故事描述因饰演超级英雄“鸟人”曾红极一时的过气演员，之后想要站上百老汇的舞台上表演所遇到的自我挑战与信心危机，由曾经饰演《蝙蝠侠》的迈克尔·基顿演出，他本人的经历有与饰演的角色里相互辉映的张力，本片被许多电影协会誉为2014年最好的电影之一，并获得了多项提名和大奖，63岁的迈克尔·基顿凭此片又东山再起。

独善之不能，
唯有从恶中才能破茧而出一朵最后的善之花。

原力是天使与恶魔的辩证

——《星球大战7：原力觉醒》的凯洛·伦

善有表演性质的善，恶有娱乐性的恶。会读心术者，应发现人心中的善恶早已交融，珠胎暗结多年。凯洛·伦心心念念的黑武士遗志是什么？恐怕是已深知那人类善之不能，唯有从恶中才能破茧而出最后的善之花，因此忍是反派吗？还是为成就善的悲剧？

一支光剑，重点不在行侠仗义，而是把天使与魔鬼都引了出来。那是权力的象征，权力下始终是善恶的大战。

如果善恶的定义，都随着你的一言一行起舞，你要在众人面前，上演怎样的木偶戏？《星战 7》这部电影离上一部星战系列的电影已有三十多年，如今的绝地武士是否是另一种政治明星的象征？

日本有出能剧叫《韧猿》，剧中多年扮演小猴子的父亲对传承猴子面具的儿子说："汝之一生将时运不济，命运多舛，哪怕落入黄泉，亦不得解脱。"这似乎接近天行者卢克、汉·索洛想跟凯洛·伦说的，世代传承，绝地武士的天分是礼物，但一定要拿什么出来还的。

原力的传承者有多酷？如名曲《Hey Jude》中点出的："别把世界扛在你身上，愈装酷的人愈笨。"在操纵原力或拯救世界前，先面对的会是自己的悲剧。这是为什么《星战 7》中的凯洛·伦会看起来这么软弱的原因，他在权力前迟疑了，所以功力没有长进，打不过原力刚刚觉醒的蕾伊是自然的，因为蕾伊还不知道能力凌驾于自己的意志时，身体下意识会产生排斥力量，原力刚刚苏醒的她，还没有产生这种排斥的反作用力。

光剑、黑武士的头盔，看起来或许很酷，但这就像是孙悟空头上的金箍一样，是附带咒语的，但如果念紧箍咒的不是唐三藏，而是恶人斯诺克，孙悟空又会变成怎样？

星战系列之所以特别，因它的善恶边界的模糊，一转脸，发现谁也不是刚刚那个人，包括绝地武士。

原力是天地万物，绝地武士是载体，下载黑暗与光明，那载体要有多强大的心智才能负荷？每个原力传人都逃不了精神的损耗，他们拥有读心术，读过成千上万的人心后，知道那善恶之交缠，生根盘结在人类的历史中，是光剑斩不断的。

凯洛·伦害怕自己的能力，如同任何一个天才，才华之所以残酷在于它来去自如，你从不能拥有它，而是它拥有了你。于是蕾伊对初次谋面的凯洛·伦说："你很害怕。"而忍则对蕾伊说："你很寂寞。"两人像互照了镜子，各自打了个冷战。

光剑同时也照出了四周的人，有的人对光剑的力量寄予厚望，有的开始畏惧或者附庸，有的狡猾地等待两只光剑混战后坐收渔翁之利。这能力的负担是不能言说的。蕾伊原本不知道原力是什么，像野生动物一样，生活在那荒漠星球上，日日只求糊口生存。就像当年的安纳金也是在一座荒凉的星球上挣扎求生，母亲遭难后，剩下小小的安纳金一人，这份寂寞让他后来非常害怕失去权势、地位与家庭，不惜成为黑武士。

而凯洛·伦就被斯诺克当成武器养大，可以想象，黑暗帝国的首领斯诺克是如何像养肥鹅肝一样强制灌养他的恐惧。太早戴上王冠，那冠冕会把人压得小小的，感受不到自己的存在，自古连成人戴上皇冠都会变成心智上的矮人，更何况是小凯洛。那黑武士头盔，压碎过安纳金的灵魂。

可以说《星战 7》是反派的养成史，但谁是未来的反派还不知道，或哪一群人将成为反派的帮凶而不自知，原力继承人出现，人们的欲望游戏也就开始洗牌。

凯洛·伦为何要背叛卢克？如此害怕，为何仍离开卢克？在跟黑武士诉说要继承其遗志时，他说："我仍感觉到有一丝光明。"而蕾伊是否会像安纳金，被自己的寂寞所驱使，成为名望的傀儡？要将原力分为光明与黑暗两派原本就不可能，但人们对它们的要求是如此，非要从你身上看到个非黑即白，于是天行者卢克的出走是可以理解的，逃离非原力本质的世界，在自己疯掉之前。

来自万物的原力是善恶的辩证，但这世界对英雄不是这样要求的，他们要的是下载一个神，于是绝地武士的崩坏是能预期的，尤达大师都阻止不了人们对崇拜的狂热，人们渴望一个领袖，如同在沙漠中饥渴的旅人。

人人渴望救世主的年代，一个新兴的希望能以多快的速度腐坏？斯诺克找来了凯洛·伦当样板，但伦无法处理自己的情感面，因此他很弱，装得杀气凌人，一拿下头盔，就显露出"名不副实"的情感，躲在黑武士服里颤抖着，跟大头目斯诺克玩躲猫猫。

这个新黑武士是个丑角，也是个脆弱的戏子，在政治的剧场中张牙舞爪，只擅长拿影子吓人。内心独白丰富的他，像舞台上的哈姆雷特，缺乏爱的呐喊四处回荡，体内有原名叫本·索洛的他，也有一个要装大人物的“凯洛·伦”。杀了生父汉·索洛，像跟以往的自己告别，让自己更义无反顾地向黑暗力靠拢。

内心的本·索洛之所以还存在的理由，其实是他仍抓着光明善念不放的象征，他知道每个天才型绝地武士最终都走向疯狂的宿命，也了解世人对绝地武士的过度神话，如果不能在黑暗中掌权，就不能完成这一宿命。他相信原力中终有黑暗，如果不能了解黑暗，那就不可能彻底完成“绝地武士”的修炼。

这是不凡者的命运，一部分在尘世里周旋，另一部分则是精神上必然的浪逐于外，胆怯却无法求救。如圣经中，耶稣知道自己隔天就要受难了，挣扎之余，看到陪自己出生入死的门徒仍呼呼大睡，也感叹自己的孤单。不会有人理解英雄如履薄冰的惶恐，他们只能紧紧抓住自己的能力小心翼翼地走钢索，没有靠岸的可能。

这两个原力传人进入政治的罗网中，其实关键点始终在众人身上，要拿谁当祭品？众人随波逐流的恶意在哪一个时代都没有消退，其实《星战 7》是部政治戏，让单纯的蕾伊进入结构中，合乎所有人的期待，年轻又美丽，方便被符号化。另一个凯洛·伦，则必须靠一袭黑衣，才能提醒众人自己反派的身份。久而久之，这两个符号都不过是个傀儡，善与恶的标准是由多数人决定的，绝地武士也变成了一种被绑架的形象，无论是卢克还是安纳金，他们都是形象的俘虏。

伦是一个不愿被傀儡化的英雄，还是一个黑暗深不见底的反派？弑父是手段，还是自认要达成善果的求仁得仁？

善者从来独舞，若被众人簇拥，一转身，恶便尾大不掉。政治善于操作人类的贪念与崇拜，会读心者，应发现人心中善恶早已交融，珠胎暗结千年。凯洛·伦与安纳金都看过众人心中的地狱图，所以他们有挣扎有惶恐。凯洛·伦心心念念的黑武士的遗志是什么？恐怕是深知独善之不能，唯有从恶中才能破茧而出一朵最后的善之花。

电影《美国总统》

人民渴望有人领导啊！总统先生！当缺少了真正的领导时他们将会听从任何一个有胆站上台对着麦克风说话的人，他们渴望领袖，渴望到了愿意爬过沙漠去追求虚幻的地步，渴望到了当他们发现那里没有水时，他们就喝起沙来了。

《星球大战 7：原力觉醒》为《星球大战》系列电影的第七部作品。这是自《星球大战前传：西斯的复仇》上映十年后的作品，背景设定在《星球大战：绝地大反攻》的三十年后。此片由 J. J. 艾布拉姆斯执导，故事描述银河帝国覆亡 30 年后，其余烬中诞生了新共和国及第一军团。第一军团最高领袖、熟悉原力黑暗面的斯诺克指派军队指挥官赫斯将军以及凯洛·伦寻找下落不明的绝地大师卢克·天行者的下落。

这世界美到让真心爱它的
人变成怪物。

现代的
钟楼怪人

——《蝙蝠侠：开战时刻》的布鲁斯·韦恩

每个都市都是颠倒的，在这个超现实的世界，披点夜色，才有可能看到光，不惜变成怪物来打怪，才能让人发现世界是歪斜的。这是一个胆小的小孩，所能知道的唯一表达爱的方式。或许方法并不灵光，也或许终究谁也没救成，但爱就是纯粹的爱而已。

被恐惧抓走，是什么样的感觉？一个人好好走在路上，一只秃鹰在上空盘旋，突然挑中了人群中的他，他就这样被俯冲下来的秃鹰逮上了高空。这是一种几率，命运的算法，或许永远也无法解释被选中的理由。人们必然曾见过身旁的人就这样被命运叼走的，或者从此消失，或者再看到他时可能丧失了点魂魄，甚至像是被偷换了一个人。而人群恐慌一阵，就继续心安理得地生活。

而另一种恐惧则不一样，你发现你突然进入一个被完全隔离的状态，无论周围有人或没人，都无法改变你“只有一个人”走向前方的感觉。起先你只是看到一两个暗影，之后那些暗影接连倾巢而出，整个将你淹没。就像小布鲁斯·韦恩掉进蝙蝠洞里一样。

总会有那么一两次，你也要面临这样的处境，命运突如其来地把你从海洋里拖出来，搁浅在沙滩上。你痛苦地挣扎以为自己濒死，转眼一个浪头过来，你又被抛回了海洋里，可有一部分终究是留在沙滩，再也找不回来了。于是日头明晃晃，你走在熙来攘往的人群里恍恍惚惚犹如游魂。

人认知的真实，很有可能跟别人的现实是错开的。潜意识的运作是这样的，它往往夹错了某些档案与乱码在的脑海里，你可能因为某个招牌，转身离开了闹区来到一条似曾相识的小巷，你突然心里一惊，我为什么要来这里？这里曾经发生过什么？

布鲁斯·韦恩习惯躲在城市角落的暗影中，观察世人，确认他头脑中的真实是否与现实世界相吻合。如同我们靠一碗暖汤、一个可亲的店铺，把我们拉回现实，从沙滩回到海洋里。像布鲁斯这样的城市孤儿，发现自己本质是水潭里都市的倒影，故乡“高谭市”只是浮动的概念，商业的投影机制，而不属于自己充满感情的记忆。只有穿上那一袭蝙蝠衣，才不会被自己的孤独吞没。他跟小丑，对望着彼此身为幸存者的奇形怪样，失焦于自己的故乡。

高谭市就是个泡在暗影中的地方，一个悲惨又富裕的城市，夜色浓烈到把每个人都吸入其中，看不清模样。这里臭水沟与高楼相依偎，彼此达成一种奇妙共生的协议。与其说这是一个城市，不如说它是一个成人童话的沃土，只有夸张的奇迹、戏剧性的善良、能长出奇花的恶土，才能在这地方生存。

布鲁斯只能选择再次站在蝙蝠洞口，让它们飞向他，不仅要融入蝙蝠群里，更要融入高谭市黑夜里。

然而恐惧依然会在内心扩散，你知道现在的和平不过是幻影，你知道黑暗洞里潜伏的那么多蝙蝠才是真实的存在。高谭这片暗黑童话的沃土，有人利欲熏心、翻云覆雨、穷凶极恶，有人掩耳盗铃，住在五彩泡泡里唯恐被戳破。像小布鲁斯跟父母搭地铁准备去听歌剧时，透过窗户，整个城市发出亮晶晶的光晕，像巴比伦人当初盖的通天塔，光鲜亮丽到让人害怕。

所以杜卡忍者在训练韦恩时，一再问他：“你在怕什么？”那恐惧大到已无法言明。

布鲁斯与瑞秋的童年是不一样的，瑞秋活泼无邪，布鲁斯战战兢兢，像行走在黑森林，要时时刻刻保持警惕。这并非来自于他那理想主义父母的遗传，有些孩子就是敏锐地知道，恶意正在暗处滋生壮大。于是在他的父母死后，他再也回不到阳光灿烂的世界，一生都走在阴暗的黑森林里找不到出口。他身边的管家阿尔弗雷德、戈登警长、武器专家卢修斯，是他的光，是在这黑暗童话里引他前行的人，这点，理想主义的检察官瑞秋，并不能了解他的内心。

布鲁斯其实很黑暗，尼采说：“当你凝视深渊的时候，深渊也在凝视着你。”他跟训练他的忍者大师杜卡一样，都不惜变成怪物来打怪，这是蝙蝠侠异于其他超级英雄的地方。你敢看多久的深渊，又能看得多深？像蝙蝠侠一直持续地观看着高谭市，他也得承受高谭市的黑暗对他的侵蚀。他一生都在失去父母的阴影之下，不愿再懊悔失去高谭市。他永远是一个遗孤，再丑陋的东西，也是他父亲留给他的“价值”，是否有点像当年耶稣的情怀？“就让他们追捕我吧！”他说。

至于尼采说的“深渊”，他早进去了，因为那里挤满了等待拯救的人们，他则变成深渊里的怪物，勇敢破碎地承受唯一的真实。

这是一个胆小的小孩，所知道的唯一爱的方式。或许终究谁也没救成，但爱就是纯粹的爱而已。

罗曼·罗兰

世上只有一种英雄主义，那就是看清生活的一切真相后，依然热爱它。

《蝙蝠侠：侠影之谜》为导演诺兰知名的蝙蝠侠三部曲的第一部，也重新定义了蝙蝠侠的形象。此片剧情着重于探索蝙蝠侠内心深处的情感与动机，故事描述布鲁斯·韦恩八岁时与儿时玩伴瑞秋在韦恩宅邸附近玩耍时不慎掉进洞穴里，被蝙蝠袭击，从此对蝙蝠产生了恐惧症。不久后的一天，布鲁斯与双亲欣赏歌剧时因对舞者的蝙蝠形象心生恐惧而要求提早离开，被劫匪打劫，布鲁斯的双亲被杀，他因此背上了沉重的枷锁，认为自己对双亲之死有责任。之后在忍者大师门下接受战斗与潜行者训练并克服恐惧。但布鲁斯训练完成后，高谭市已彻底腐败，而他则化身为蝙蝠侠拯救这个万恶城市。导演克里斯托弗·诺兰谈及主题：“对我而言蝙蝠侠是最有吸引力的超级英雄，因为他并没有拥有任何超能力，是有人性的凡夫俗子。”

一个黑洞可以吸纳成千上万的黑洞，
成为一个政治明星。

为正义
抹上浓妆

——《纸牌屋》的弗兰西斯·安德伍德

弗兰西斯·安德伍德，可以说是众多反派中最暗黑的角色之一，唯有他，谢绝了所有光亮，只为了让他的猎物无法察觉他。法兰克拿别人的黑洞成就自己更大的黑洞，从党鞭踩着他人的尸体当上了总统。民主为何被高估？为何成为恐惧者的联盟？并吸引一批更恐惧的人投票？弗兰西斯·安德伍德现身，点出政客的巨婴真相。

你听过这个故事吧，在漆黑的森林里，有一个老婆婆住在糖果屋里，一对兄妹进去之后，老婆婆露出了她食人魔的真面目……

《纸牌屋》的故事核心大致也是如此，现今的民主也犹如一间糖果屋，大家各有所图地走进去大快朵颐，不清楚屋里面住了什么样的人，也不知道这样源源不断的糖果背后隐藏了什么玄机。弗兰西斯·安德伍德有句名言常被引用："民主被高估了。"民主为何会被高估？因为它像芥川龙之介笔下的天堂蜘蛛丝，以为攀爬上去就是天堂，低头却发现下面一群人纷涌而至时，只能抬脚往下踢。民主成为雨露均沾的象征，但其实只有少数人吃到大餐。

民主实行百年后发现明显低估了人性，成为开放的斗兽场，允许在民众在自认可监控的范围中的公开厮杀。而观众（选民）在某一天放自己内心的野兽出去投票，政客难免变成米兰·昆德拉笔下的"舞者"，昆德拉在《缓慢》一书中写道："舞者向所有人下战帖：有谁能比他表现得更道德（或是更勇敢，更诚实，更真心，更愿意牺牲奉献，更实话实说）？"

弗兰西斯曾如此赤裸地描述他眼中的选民："他们高贵，谦虚是他们高贵的方式，如果能在他们面前谦卑，他们什么都答应。"弗兰西斯·安德伍德，可以说是众多反派中骨子里最暗黑的角色之一，唯一只有他，谢绝了所有光亮，只为了让他的猎物无法察觉他，好藏身在黑暗中，等猎物在进入他的圈套后，一举成擒。

但观众为何爱看《纸牌屋》？ 因为弗兰西斯在黑暗里也会恐惧，他的恐惧时时发出腥膻味，一上油锅就烤得香喷喷。这个玩弄权术玩弄人心的政客，翻手为云、覆手为雨，哪怕坐上总统的高位，也是自己恐惧的俘虏。

剧集一开始，弗兰西斯就表明了自身的立场："世上有两种痛苦，一种让你变得更强，一种毫无价值、只剩折磨，我对没价值的东西可没耐心。这时候，总得有人采取行动，甚至做点不那么令人愉悦的事。"随后他结束了一只因车祸而奄奄一息的狗的生命，那表情说不上是残忍，也没有感伤，如同大自然以万物为刍狗一般冷静。他没有亲朋好友，对身边的妻子也没有感情，这样他就没有弱点，可以亲近、利用、牺牲任何人，他的妻子曾问他说："你是否也像利用他人一样利用我？"他自己也曾跟总统说："我看起来没有同情心，别人害怕我。"没有一丝情感外露，一外露，就会被人抓住把柄，内心的恐惧也会趁机奔涌出来，这万万使不得。

唯一能称得上朋友的，是曾在早上为他煎肋排的餐厅老板，他唯一可以讲上两句真心话的人。而在被媒体曝光老板有前科后，他也必须割舍掉，当时他露出难得的不舍，仿佛连唯一寂寞的权利都割舍了。他在车上跟观众说："你认为我是伪君子吗？我是，权力之路经过伪善和牺牲铺就而成，永远不要后悔。”

对，结果他唯一的朋友就只剩观众，就是你跟我。

《纸牌屋》是个非常阴冷的故事，弗兰西斯拿别人的黑洞成就自己更大的黑洞，到第二、三季时，他从党鞭踩着他人的尸体当上了总统。

一开始，剧集给了他一个动机，总统当选，原本要赏给他的国务卿位置却飞了，这给了他战斗的理由，因政治圈向来有句话：“如果你不能让别人喜欢你，至少让他们恨你，千万不要让他们无视你。”于是他决定向这种无视复仇，以教育改革法案翻身建功，安排年轻记者为其打手，以丑闻勒索参议员彼得·鲁索，操纵副总统的残余野心，利用婚姻咨询抓住总统把柄，暗中破坏中美双方的外交对话，为当总统不惜利用亲信叛国，为掩盖真相将记者情妇推下地铁，他从党鞭走向了权力顶峰，星光大道下满是血迹。

这中间，不是没有人怀疑过他，但他的应对是：“以混乱制伏混乱，释放战争的恶魔。”他在当副总统时的唯一正事是架空总统，去除总统的金援与幕僚，让自己成为总统黑暗中的唯一明灯，“剩下的就是温柔地把他带往礁石”。

他如马戏团的驯兽师，对每头野兽都有不同招法。对于热血的人，他说：“我喜欢扮英雄的人，你只要摆好姿势，让他挥剑就好。”对待手下的幕僚争宠，他说：“两个养子争斗是好的，不然把一个丢回孤儿院。”对于怀疑他的人，不惜将自己当诱饵，“这真让我有快感”。总统怀疑他，他写了一封信，祭出了他悲惨童年，自诉父亲是个酒鬼，某一次在他眼前想吞枪自杀，要弗兰西斯帮他按下扳机，弗兰西斯下不了手，从此他就在绝望与暴力中生活。这番血泪史没人知道真假，但打动了总统，弗兰西斯深谙用多少比例的真话来包裹谎言才恰到好处。尼采说：“当你凝视深渊时，深渊也在凝视你。”可是弗兰西斯在凝视深渊时，顺手把身边所有人都推了下去。

唯一能显露他真正思绪的，是他刚谋杀了州长参选人彼得·鲁索后，在教堂挑衅神说：“天堂与地狱都没有慰藉，只有我们渺小的争斗，所以我只向自己祷告，也只为自己祷告。”他将所有烛火都吹熄，向他的神告别，就此活在黑暗里。从那以后，他走每一步都宁可错杀，不可放过，再也不需要给自己找动机。

一个人如此享受黑暗，通常只有一个可能，孤独过了头。因此我相信他诉说的童年父亲在他面前意图自杀的那段，剧集里他也没有任何亲戚出现，如果有，消失去哪里了？在他发迹时也无人寻他。他在教堂里熟练的举止，显示他曾是个教徒，而会特地来跟上帝提分手，更代表他曾笃信过神。他或许也曾经饱含希望，可总是落空，于是无法再承受希望，他曾经惊恐地对镜头说："我不要等待，我受不了。"

天堂与地狱都没有慰藉，他为自己创造了慰藉，在人间制造了地狱，将他以前所有曾相信的都予以破坏，也以摧毁别人的信仰为乐。他对待自己像对开场的那只垂死的狗，剧集一开始，就处决了自己的良心。这仅仅只是权力的欲望吗？其实不是，他从没有从权力中得到快乐，而是对玩弄人心上瘾，他跟妻子都很害怕，彼此看管监视，挤在一起借由比自己更害怕的人来取暖。

这是什么样的关系啊？ 两人的身世其实不同，弗兰西斯来自卡罗莱纳州的小镇，妻子克莱尔是名门千金，是"麦克白夫人"的代表（执迷于丈夫功成名就）。她为了通过性侵害法案，逼疯了一个被害者，也引发了自己曾被高官性侵的噩梦。在弗兰西斯岌岌可危时，她督促丈夫快对总统痛下狠手。两人是共谋，不是爱人。克莱尔对旧情人说："我羡慕你的自由，但我怯懦。"她必须回到同谋者身边，联手把害怕的"未来"都砍杀精光才行。

很久很久以前，森林里有一个糖果屋，一对被父母多次抛弃的兄妹因为恐惧与饥饿进去，差点被老巫婆吃了，这对兄妹把老巫婆推入油锅闷煮了，拿了她的银两回到家里，刚好讨厌他们的后母也死了，于是兄妹俩过着快乐的生活。这是恶意满满的格林童话，弗兰西斯与克莱尔就像那对兄妹，只是他们杀死了巫婆后，根本就没离开糖果屋，等着比他们更饥渴的人上门来，他们变成了第二个巫婆。

民主立意良善，但是用满桌子山珍海味引发了众人的无止尽的欲望，也成就了一个个等待猎物上门的巫婆。糖果屋不只是黑暗之地，那是任何光都照不进去的黑洞。

伊坂幸太郎

蚱蜢原是一种绿色生物，但只要在黑暗中群聚成长，就会因为变形机制而逐渐变黑，变成恐怖的蝗虫，以便夺取更多食物，甚至吞噬同类，而人类也正是如此。

《纸牌屋》是以政治为题材的美国剧集，翻拍自 1999 年的同名英剧，英版主角也常“打破第四面墙”，与观众直接对话。美版由知名导演大卫·芬奇执导。第一季于 2012 年在网飞首播，在中国引起收视热潮。此剧备受好评，描述民主党籍议员、多数党党鞭弗兰西斯·安德伍德的故事（由奥斯卡影帝凯文·史派西饰演）。本剧多次获得艾美奖、金球奖提名。罗宾·怀特也因克莱尔一角获金球奖“最佳剧情类剧集女主角”。

辑七

我们每个人都寂寞

那些自认高级的城市，
都披上了国王的新衣。

只要不寂寞，你们什么都愿意做

——《蝙蝠侠：黑暗骑士》的小丑

这城市真是太寂寞了，寂寞到没人敢揭穿国王的新衣，没人敢戳破那片繁荣景象不过是海市蜃楼。那么，我来，我叫小丑，你们每个人的心里都有一个我，因为我就是“高谭市”，你们每个人的废水故乡。

你每晚是住在华美的大厦丛林，还是浅眠在荒野？

人们瑟缩在霓虹灯下，为了不寂寞，什么都愿意做，什么规则都愿意遵从。

我走到哪里，哪里就从繁华变成残败，我是美女卸妆后的脸，是城市关灯后的脸，我同时也是极端扫兴的本身。

这是我的信仰与专长，让你们发现你们居住的地方是废墟，你们的华服是国王的新衣，你们的上司是浮士德。白领们将灵魂称斤论两地兜售，却还是难逃失业的危机，你们信仰的正在背叛你们，手上一把钞票卷进货币游戏里厮杀转眼变成废纸。你们那些仁义道德脆弱不堪，昭示着“别来进犯”。

“干吗这么严肃？”我总说，那是在模仿你们。

这世界甜甜蜜蜜的，你们暖呼呼的，购物商场是人造天堂，走出一个购物商场，又走进另一个。这城市怕你们分神，我这头的荒凉则显得格外稀有，而你们仍说：“干吗这么严肃？”没人当真。

只有布鲁斯·韦恩当回事，他穿着那袭黑色蝙蝠衣，一副悲壮的样子，在高楼上看得一清二楚，这城市废墟处处，整个高谭市都穿着国王的新衣。只有我跟他看到你们一个个赤身裸体，鱼群般穿梭于此处不堪闻问的寂寞。

布鲁斯想以一己之力来拯救这个城市，他要对抗的不是我，是这个已经病入膏肓的社会。这是一个“没有神，人人各行其是”的年代，社会是少数人玩金钱游戏的舞台，从他们手中漏下的碎银子，才能分配到世间。掌权者合法地抢劫，谁被选上当高谭市长，都要跟更上面的浮士德报备。

这个世界是一栋摩天大楼，每个人都对着大楼的玻璃欣赏自己的衣香鬓影，如同神话里变成水仙的纳西索斯。没人知道自己无论在上海、东京、纽约，其实都在“高谭市”。

所以，蝙蝠侠，你确定你在保护的是什么？是共犯制度，还是人？或者你只是保护你心中的“正义”？而正义是什么，个人的正义和集体的正义哪个更正义？

你只是不想知道，也不想承认，这世上没有干净人。所以我嘲笑一切打破一切，让你认清这个事实。

每个人都猜测我变坏的理由，归因于流离身世、家暴阴影等，我很乐意你们这么做，把我改编成马戏团的小孩，从小看着妈妈朝三暮四，于是心怀怨恨企图弑母，或是因为家庭暴力被父亲割破嘴变成笑脸。你相信哪一种？

你们真的以为这样的美丽新世界、理想的乌托邦，不会出现纯粹的罪犯吗？

你们并非天真，而是你们冷漠到选择天真。

我一直在思考，我得有多坏，才能衬托得你们像个好人？

这城市真是太寂寞了，寂寞到没人敢揭穿国王的新衣，没人敢戳破那片繁荣景象不过是海市蜃楼。那么，我来，我叫小丑，你们每个人的心里都有一个我，因为我就是“高谭市”，你们每个人的废水故乡。

你还在问：“为何这么严肃？”

那么，这次换你笑笑看。

宫本辉

现在的世界随着经济贫富悬殊，人类也陷入精神性贫富差距的漩涡之中，愈来愈多的人被肤浅的东西吸引，却厌恶深刻的事物，过度评论无谓小事，却蔑视真正重要的大事。

《蝙蝠侠：黑暗骑士》至今仍被视为难以超越的蝙蝠侠经典作品，由克里斯托弗·诺兰执导。故事描述蝙蝠侠和反派小丑之间的冲突，还有最具声望的地方检察官哈维·丹特（即后来的双面人）的紧张关系。导演对本片的基本概念，来自漫画《蝙蝠侠：漫长的万圣节》。饰演小丑的演员希斯·莱杰于 2008 年 1 月猝死，此片为他从影以来的代表作之一，至今，他的演技仍被人称颂。

印象中，我的影子总是看着我，
后来我才知道那叫『寂寞』。

一生
一瞬

——《东尼泷谷》的东尼泷谷

寂寞从没有放过哪一个人，即便是把自己盖成铜墙铁壁的东尼泷谷，一点影子流窜进来，都会如山崩海啸，让你沉入深海、掉落深渊。你有看过“东尼泷谷”吗？每个人都看过啊，他就是每个人的一生一瞬。

夕阳西下后，适才的影子就不见了。

随着一哄而散的光，下班的人潮就这样黑压压地走过。但其实影子还在那里。

稍早时，那抹影子还在陪那孩子玩跳房子游戏。

是的，就那孩子一个人，在偌大的校园里，跟他的影子有默契地进进退退。其他孩子会自动避开他，玩他们热闹的躲避球。只有他在廊檐下，在地上用石头盖房子，看着地上叶子的倒影舞动着，与他的影子有时交会、有时离散。

这时有个叫“老师”的大人走过去，喊着：“东尼泷谷同学，怎么不跟大家一起玩？”老师把东尼泷谷带去其他同学那边，那些同学哗地散开了，东尼低着头往前走，影子被留在墙壁上发怔。

总之，不在同学们那边，他就只是他，可以成为一个房间、一片绿荫、一个小物，他寄生在任何一件静物里，安之若素。有关于人人会谈到的“寂寞”，东尼泷谷并没有太多的感觉，因为他就是被“寂寞”抚养长大的，除了寂寞，那里没有别的，因此没有什么东西可以区分寂不寂寞。即使爸爸偶尔回来与他团聚也是一样，两人各自浸泡在自己寂寞的羊水里，吸吮着手指，谁也没有要破胎而出。

“东尼泷谷，名字真的就叫东尼泷谷。”这是电影的开场白。东尼精于画出各种没有生命的东西，所有的机械、钢筋结构，包括树枝、叶脉与人体，他都去除了灵魂来描绘。而他的灵魂则在一旁看着他，他们鲜少合体在一起，东尼像带风筝似地带着它，让它旁观着自己，真的聚在一起会怎么样？说实在的，两者从来都没有想过。

他如他笔下的图，是结构完整的房间，但那里没有收留什么东西，只有自己这个系统在无限循环。

然而，后来有一天仿佛有只鸟飞进了他的屋子里，那是一位叫"惠子"的女生，"她像要飞往远方的鸟儿，乘着风，把衣服穿得非常特别。"他看着她的背影，这样形容她，从此爱上了她。

这是他第一次注意生命，以前他念美术时，对艺术的思考性与残缺总抱有质疑，"不完美就是不成熟、不正确的"。而惠子如一抹惊鸿，飞进他钢筋水泥的心里。其实惠子婚前就跟他说，自己买衣服很奢侈，然银幕前的观众如我，仍被惠子婚后买的满室华服给震撼到了，惠子的一间房堆满了衣服，其他房间则空空如也。

惠子不买衣服就觉得自己是空的，跟东尼原本赤条条的空是不同的，于是惠子这只想要飞往远方的鸟，不断在东尼这屋子里拍翅乱窜，那只心头的鸟儿愈张皇，她愈需要买衣服寄生于其中。惠子的服装是她生之翅膀，她渴望又害怕着自由，一停下思考总让她心惊意乱，因此不停以服装预演着下一次的

“天空”，如此才能安然于目前的受困。然她婚后碰到的牢笼，是她前所未见的，如进入没有任何围栏的“空”，丈夫东尼这“空荡荡”坚固如铜墙，她困在其中无力地飞翔。所以她只能通过一件又一件的新衣服，来遮掩两人皆不见天地的“无我”。

东尼的母亲死得早，父亲是个流浪的音乐人，从没有人教会他如何去爱，他的爱被关进自己的影子里无法动弹。身体如蝉的壳、蛇的皮，可以独自出走进入日常中，灵魂避免痛苦而长期冬眠。

跟惠子结婚后，影子才突然探出头来，发现身体与自己还是斩不断连结，因此他后来听父亲省三郎的爵士演奏才会觉得有些不同，他暗想：“奇怪，这曲子已听过多次，为何这次不同？”他不知道是自己已经发生了变化，影子窜入他身体里，那些已冷却的翻腾情感让他感到无比飕凉，“幸福”原来会让人冷，他开始害怕失去，这是他从没有过的感觉。

而惠子真的在某一天随着她退还的衣服飘走了，鸟儿在无尽牢笼中无法振翅的焦虑，终于毁灭了她。惠子发生了车祸，死了。东尼又回到了冰冷的角落，只是这次积压了四十年情感的影子沉入大海般再也离不了身子了，灵魂在极热与极冷中互相撕裂着，每一次呼吸都感到抽痛，东尼泷谷为自己搭盖的完美机械城堡开始腐蚀塌陷，细碎如尘屑，风一吹，全都散了。

坂本龙一为《东尼泷谷》写的配乐“？”，就似在记录这样的过程，那机械般牢固的城堡，禁不起一丝情感的重量，被分解了、被蚀锈着，最后是东尼感知的反扑，那一尘不染的房子，在大量衣服都被运走之后，成为一个空空荡荡的形骸。

有些人如惠子，穿了各种新衣服来想象自由，有些人如东尼，多年来被缚在墙角，东尼在清走妻子的衣服后，第一次以完整“人”的身份立于天地中，知道情感之轻盈与人生之浊重互成上下，而每个人的独特姿态，都因为这两者或失衡或平衡。

那些大呼一下子载不动那么多情感的影子们，都逃往哪里去呢？

影子在烈阳下低头不语，你是东尼还是惠子？ 还是被任何人故意弃置的寂寞呢？有人车经过、花草吹动时，影子开始舞动了，仿佛又回到年少，忘忧于一时。我则带着我的影子走了，它一天下来干瘪瘪的，两者都期待入夜之后，可以暂时不用互相打扰，借着计算机、电视，背对背地坐着。

寂寞从没有放过哪一个人，愈想把自己盖成人肉铁壁，如东尼泷谷，被寂寞侵蚀的后果就会愈加毁天灭地。寂寞是缠绕的树根，上面的枝干愈伸向天边，它愈往下拼命地长。人无论将藏有自己本相的影子像荡秋千一样将它荡出去多远，它折返的力道就会反诸于主人，甚至把主人荡至天边，如一颗飞走的气球，一眨眼，在偌大的天空中不会留下任何线索。

你有看过“东尼泷谷”吗？ 每个人都看过，他是每个人的一生一瞬，寂寞的本相。

阿兰·德波顿

如果坠入情海是瞬间的事，也许是因为爱人的需求先于爱人的出现。

《东尼泷谷》改编自日本作家村上春树的《莱辛顿的幽灵》，由市川准执导，主要演员有尾形一成及宫泽理惠，配乐由著名日本音乐家坂本龙一操刀。这部电影被誉为是目前改编村上春树作品中最好的一部，以冷静的旁白人声叙述主角东尼的故事，在坂本龙一的低限主义钢琴乐声中，导演用精准的影像与音乐，带人目睹了寂寞的本相。

所有的先知，
本质都是拾荒者。

那路口
有希望之光

——————《旅行终点》的大卫·佛斯特·华莱士

这部电影里的美国城市像一座棋盘迷宫，人无法避免地要与自己的欲望狭路相逢，谁也逃离不了这游戏规则。街道与建筑表面是文明的象征，其实充满了生活的暗示。城市之光，为迷路的人而点上，也意在让人迷路。

有一条路，通往某个人的家，他养了两条大狗。四周灯火通明，唯独他的家黑魆魆，灯火通明的昏暗世界里，他竖立了一个类似“家”的牌子，就算那里如今已形同废墟，但也比这光亮的都市要温暖许多。

这时代，很多人感叹阅读的人变少了，不过现代生活的确不鼓励人阅读，阅读带来的思考很可能让你更不容易融入这社会的运作里。现代社会有它一定的速度在运作，如果你不跟上，就会被甩开，只能听着社会滚轮前进的巨大噪音看着其他人迅疾而过。阅读本质上是抗拒这种极速前进的模式的。

《旅行终点》这部电影，以仿纪录片的拍摄手法，描述美国近代最伟大的作家之一大卫·佛斯特·华莱士生前接受《滚石》杂志记者访问，一起踏上新书宣传之旅的故事。在疲惫且机械的旅途中，他们有许多看似琐碎实则暗藏机锋的对话。华莱士的思维如平行宇宙穿梭在众人道之中，回荡在相反的生活形态中，如同西风敲打着窗口，却总不得其门而入。他的书《无尽嘲讽》虽然受到欢迎，但没有哪户人家真敢放这阵风进来，颠覆他们原来便利的生活。因为这本书对近代极端的美国生活有着强大的反思，一旦思考这扇窗打开，由美国积极的核心价值建立起来的近代文明世界观，就会被打回灰姑娘原形。全世界都感染了美国梦的人，会如大梦初醒般茫然不知所措。如今虽然疲软的经济让这梦的摇篮已经在剧烈摇晃，但谁也不敢从这烫了金的长梦中惊醒。

华莱士跟你在梦里相遇了。电影里那些夜色的光晕、浮浮荡荡的公路、天寒地冻的无人雪地、不断出现的家庭餐厅与走不完的旅馆长廊，让你似曾相识。他在你的梦里轻声说：“如今四十五岁以下的人如果感到悲伤，多半跟追逐享乐、名利与娱乐的经验值有关，这些空虚的事物，却是他们认为成功的本质。”

我们的愉悦需要不断被施以电击疗法，靠不断加强电力来刺激我们的交感神经，直到游戏结束，切换荧幕到另外一个主题乐园，于是你听到他说：“科技愈来愈发达，一切愈来愈方便，愉悦也愈来愈容易达到，只要独自看着荧幕……但长期下去会死的，我指的是精神会死的。”因此就算我们出门了，脑中的主程序与主荧幕还是开着，我们并没有真的从计算机中离开，这布局无远弗届又经年累月，于是那么多人想要露营、野餐与登山，因为计算机的存在感太强大了，你必须起身到以为它找不到你的“地方”。

但当时让华莱士困扰的还只是电视，被问到：“你家里没有电视？”他自我剖析道：“如果有，就会开一整天，像角落有火炉，人会被吸进去。”跟现代人一样被吸进去哪里了？不是爱丽丝掉进树洞里去寻找自我的潜意识，而是让你一再遗失自我线索的地方，失智症是当代文明病，清楚地呈现在我们这个人人讯号不稳的世界里。

《旅行终点》中的光点，如晨曦中的月色一般稀微，就算在天色大亮的城市里，华莱士与采访他的记者仍如在夜里找路一般，看着这陌生又不真切的一切，这是怎么回事？尤其他们在停车场里找不到车的一幕，所有大同小异的车子，惊着了主角们，他们被镜头俯视着，脸上是无从辨别眼前的一切有何不同的慌张。什么都有，却找不到真正的确证。我们太容易分神了，又太常赶路了，经常无处栖身，没有真正黑夜的城市，白日来临也无踏实感，只能从早到晚地开着灯，我们像是海底的灯笼鱼。

五天的新书宣传旅程，二人几乎都只在路上浅眠，你看着他们睡眼惺忪地飞驰在寂寥的天地、去往大同小异的城市。作家与采访者不断地对话，从一开始的客套，到小心翼翼的试探，再到直指内心的剖白。那些被各种光源照得明晃晃的屋内场景，配上看似无止尽的旅程，华莱士的那些话语仿佛在为眼前这些幻象做注解。

借由记者大卫·里皮斯基的抛问，你可以听到华莱士如何看清与看空这浮华世界的本质，又如何为自己的清醒所苦，里皮斯基也因此产生了深刻的共鸣。两人其实都在困惑，如果不想沉醉在美国梦里膨胀自我和被大量泛滥的娱乐消耗，那孤身一人又要何去何从？

“我们，是指你跟我这种人。”华莱士说：“我们这种出身自中产家庭，接受过良好教育、做有趣的工作、坐在昂贵的沙发，为何我们还空虚不开心？”里皮斯基笑着回答：“简直像哈姆雷特转不到自己的频道。”哈姆雷特的怀疑，回荡在剧院里几个世纪，不只是因为复仇与恋母，那是生为人该当如何的命题被架空之后最深刻的拷问。

这个问题在21世纪，相较于轻快的光纤生活，是重到无以复加的发问，三分钟点餐、三小时开会、等车时间压缩到五分钟的我们，时间像碎石与流沙一样，而美国传销出来的高效率生活，可以方便我们如此周而复始，只是我们是走向哪里？除了“日复一日”的那里。

奇妙的是，那些光与景，在电影结束后仍会留在你的脑海里，公路超市像黑海中的微光召唤，还有如迷宫一般的酒店，在冰天雪地中透着黄光的小屋，起了毛、被狗啃坏的沙发，像一帧帧城市生活的寓言，让你突然想停下来，问一问自己那个问题。

这部电影不只讲到现代人的寂寞，也让我们看到华莱士因清楚的洞见卡在边缘，无法参加这世界空虚又不散场的舞会，更以对城镇与灯光的意象，展现了飞蛾为何要扑火的原因，电影里的美国城市像一座棋盘迷宫，人无法避免地要与自己的欲望狭路相逢，谁也逃离不了这游戏规则。街道与建筑表面是文明的象征，其实充满了生活的暗示。

这让我想到《了不起的盖茨比》开场的那句话："父亲曾经给过我一句忠告。直到今天，我仍常常想起他的话。每当你想批评别人的时候，要记住，这世上不是每一个人，都有你拥有的优势。"但有这样的优势，就注定将要突破障碍赛，走出人墙，找到那个被五光十色的世界冻得直发颤的自己。

华莱士活在美国推崇的物质梦里，一颗赤子之心被捆绑不得动弹。他跟菲茨杰拉德是美国的两面，拼命地挥动翅膀于蜘蛛网中，菲茨杰拉德被缠绕进去，华莱士亦无法真正飞走，两个绝世天才用生命告诉我们真相。

菲茨杰拉德

真实的不真实，宛如一个许诺，即这个世界的基石乃是安置在精灵的翅膀上。

《旅行终点》为2015年电影，由詹姆斯·庞索特执导，描述美国作家大卫·佛斯特·华莱士（杰森·席格尔饰演），在1996年出版了让他成名的巅峰之作《无尽嘲讽》。《滚石》杂志的记者大卫·里皮斯基（杰西·艾森伯格饰演）前去贴身采访华莱士，两人踏上一段为期五天的公路之旅。两位大卫惺惺相惜，笑谈人生；有时也因为彼此的工作立场，暗涌着复杂而微妙的情绪。旅程结束之后，两人再也没见过面。2008年，华莱士自杀身亡。原来这五天的公路之旅，两人对孤独、名望、人生志向的讨论，早已在他们的人生旅途中产生深远影响……

每个人心里都有一个咕噜，
追寻着各种抽象的魔戒。

魔戒不死，索伦回归

《魔戒》的咕噜

“嗨，你们觉得我比你们长得丑吗？但我怎么觉得你们跟我都是同类？”眼前这个咕噜正没礼貌地上下端详我。《魔戒》早就已经演完了，怎么咕噜还在？他说：“咕噜早就充斥在你的四周，你不知道吗？索伦的大业在你们的世界已接近完成。”他看着我，好像我是极少数不知道这件事的人类。

那天我在岩洞里碰到咕噜，他边撕咬着鱼肉边跟我说：“我知道，你们都觉得我粗鄙，觉得我应该像其他的哈比人一样不忮不求？但我是学你们的啊，在我还没喜欢自己以前，就喜欢上了很多东西，喜欢物质远比喜欢自己还多，不就跟你们一样？你不知道？其实这样就会变成“咕噜”！咕噜从来就是种寄生物，当你们没自信、不思考，又严重拜物时，体内寄生物就会掌控你们，你连这么简单的道理都不知道啊。”他叽哩咕噜地往岩洞深处走去，生怕我抢了他的鱼。

我碰到的这个咕噜，是《魔戒》中的那个咕噜吗？但他的话好像到处都是咕噜了，我追上去问他：“喂！你是史麦戈吗？”

“拜托，很久以前就没有史麦戈了，变成咕噜后，我们这群族类就没有名字，只是欲望的本象而已。你们以为魔戒被火山的岩浆融化了，但其实魔戒根本没有消失，它化身为金钱、权位、物质继续诱惑你们。索伦也没有毁灭，索伦之眼已经进入你们光纤网络中，通过每个摄像头时时刻刻监视着你们。你们都对魔戒上瘾，史麦戈不是个特例！他有没有存在过都很难说，你能告诉我史麦戈变成咕噜前是什么样的人吗？”

“我不知道。”我回道。

“是啊，没有人知道。我当年时时担心自己可能会被背叛、被低估、不受欢迎，于是先背叛与低估别人来求自保，不知道在人群中要扮演什么样子，就跟着大家做一样的表情，像《千与千寻》中的无脸男一样。然后有一天魔戒出现了，它收编了我所有隐藏的欲望，认出我本是个空壳，我唯一能效忠的就是我的欲望，跟你们那里的许多人一样。”

他边说边大口撕扯手中的鱼，鳞片在他嘴中发出咯吱咯吱的声音，我看着他苍白枯槁的身体……

他意识到我的眼神了，“你也不用同情我，我们就凭直觉过日子。以前还没变咕噜的我，只要一思考就头痛。你们现在不也是无法做完整的思考了吗？只要能拦截你们思路的事，你们都很欢迎，电视、手机，只要能带你们进入穴居状态的，你们轻易就沉迷其中。面对所谓真正的人生，你们跟咕噜一样，一点都不喜欢！”

当下我无从反驳，问道：“你本来是人类吧？”“是啊。”他舔着鱼骨头说，“我一出生，世界允诺我值得拥有所有的东西，于是我一直吃，不停地吃，但吃得愈饱就愈害怕，因为我知道我越来越迟钝，我的把柄显而易见。”

“难道你都不想充实心灵？”(好，我知道我问了一个蠢问题，就当我在问自己。)

“咦？难道你不是活在现代吗？你不知道在装忙与穷忙的时代，静下来阅读有多难吗？如果物欲是我们时代运转的核心，阅读就处在最边缘的位置。没有阅读，就没人知道如何思考，而且强兽人也一直在你们四周，以非常野蛮的方式灌养你们同化你们，你们之中已有好多强兽人与咕噜，你不知道吗？”他看着我，好像我是白痴，“所以你不知道现在是索伦治国了？”换成他有点同情我了。

“但我们还有文化……”我说。

“如果那些文字还没变成金句书、鸡汤文布满世界的话，这些片段碎句不会提供任何思辨的益处。”他有点后悔讲了这么多，“我跟史麦戈一样，不后悔自己的选择，因为对我们来讲，比起物质，人更不可信。我们没信念，所以看到的别人也是一样。”

他不断地摔打着鱼，仿佛我已经不在那里了。

“那魔戒远征军还有残留的势力吗？”

他笑道：“有啊，化为一首诗歌、一篇文字，四处穷途末路地流浪。”

说这句话的时候他看起来平静多了。

他瞧出我的心思：“当然，你现在没听到四周都回荡着“My precious，My precious”吗？我们咕噜现在是主流啊，那句话是现代的教义。”

咕噜正色说：“你们不喜欢我，多半是因为我的长相吧，看起来如此丑陋粗鄙，但我不觉得衣冠楚楚的你们好到哪里去？比起我，你们更不了解你们置身的世界，所有的东西都不用你们宰杀，你们维生系统罗织得精密，让你们根本不用跟大自然搏斗就可以饱食，你们硬挤在一起，毕竟你们谁也不敢餐风露宿，挑战自己的生存能耐。但如同所有的斯德哥尔摩症患者，你们厌恶这个系统，又依赖这个系统，于是你们边吃着奶嘴，边忿忿不平手舞足蹈地抗议着。”

我抬起头，这四周崇山峻岭，在这样的环境里我能生存下来吗？如果不像他一样茹毛饮血，我能坚持到几时？

“你知道为何‘索伦之眼’能回归吗？索伦之眼是你们人造的，如同你们怕黑，所以打造了永不熄灭的城市之光，你们的城市到处是监视器，社交软件让你们只有在他人眼中才感到存在。你们主动对索伦之眼缴械投降。我讨厌这样胆怯的自己，于是变成了咕噜，但我不觉得我们之间有高下之分，你们根本不敢离开你们制造出的幻影，甘愿放弃所有生命的真实。”

显然，我们彼此相像，又厌恶着对方，他有他的自豪，而我虽非佛罗多，但我能理解佛罗多看到他时的脆弱，因为他的存在本身就太像个质问。

“所以你们一天到晚吵着要真相，却对自己的真实无暇一顾，拿真相来追讨他人，但欠缺真实的你们，真相怎么可能只有一个？”我仿佛在上一堂哲学课，他大啖看来极为恶心的一餐，连手上的血渍也不放过，“你们只是想显得比我们这种生物，高级一点而已。”

我挣扎道：“但我们仍有我们的信念与信仰……”

“你们的信仰逃不过你们每个人生活的小圈子，某些人以宗教信仰合理化了对外界的敌意。你们的宗教被你们所利用，成为在经济掠夺下，仍能自我感觉良好的产物。”他说，“我原来是霍比特人，我们喜欢与世无争，但不代表我没看到你们怎么利用你们的神，来制造仇恨。”

我们是咕噜，还是他是咕噜？他想要魔戒，是出于冲动与贪念，也是他的本性；而我们无法拒绝魔戒，却又想伸手，我们每个都是佛罗多，“魔戒远征军”结束后，我们心底还是恋栈着魔戒，于是四处安置新的索伦之眼。但我们每日手洁衣白，纯洁宛如新生儿，甚至我们每个人都会祷告、助念、焚香，想表演得如圣人般的高洁，仿佛跟良善很熟一样，睡在索伦怀里。等等，这池水里照出的是什么？怎么只见一个咕噜正跟另一个咕噜对话，那圣洁无比的我身在哪里？

奥斯卡·王尔德

给他一张面具，他就会告诉你实话。

《魔戒》的咕噜原名史麦戈，为英国作家托尔金小说里的虚构角色。在电影《魔戒》的第一部《魔戒再现》中有提及咕噜的身世，他原本是霍比特人史麦戈，在生日当天，他和亲人德戈到格拉顿平原钓鱼，德戈被鱼拖进河流，发现了魔戒。史麦戈要求德戈将魔戒送给他作为生日礼物，德戈拒绝了这个要求，史麦戈遂勒死了德戈，强取魔戒。史麦戈为了魔戒做出很多恶毒行为，很快被人们驱逐，他遂在迷雾山脉一个洞穴里居住，日益被魔戒的魔性扭曲了身体，加深了心魔。这个带着诅咒的生日礼物，直至比尔博·巴金斯出现才易手。

自从自认能明辨善恶后，
人类的愚昧就因自大而无法克制。

我这倒霉的服务业

——《魔鬼代言人》的撒旦

上帝，你能不能叫他们离我远一点？我甚至觉得人类已经爱上了我，这令我有点困扰，我想他们误会了，我既不是他们的情人，也不是他们的奶妈，由于他们的寂寞使然，甚至不肯让我离开他们的床榻与梦境。如果20世纪，虚荣是我最爱的原罪，那么21世纪，人类的寂寞竟成为我的职业灾难。

上帝啊，我好久没跟你联络了，想必你仍在为人类的罪行头痛吧。他们是你的心头肉，而我是那个总是带坏他们的恶人撒旦。

不过，这些年多半都是他们来找我的，我几乎都不用使出什么诱惑的招数，真是无趣。你的子民总是天真地把自己的决定赖在我身上，就像电影中的律师凯文·罗麦斯。我其实也有点厌烦我的职业了，可他们总是要黏着我，甚至发动所有的机制来寻找我，并深恐我的已读不回。

上帝，你能不能叫他们离我远一点？ 我甚至觉得他们已经爱上了我，这让我有点困扰，我想他们误会了，我不是他们的情人，由于他们的寂寞使然，甚至不肯让我离开他们的床榻。

如果20世纪，虚荣是我最爱的原罪，那我必须说，21世纪，寂寞是让我最不耐烦的原罪。你的子民经历了所谓的成功之后，或认定成功是其价值后，他们的寂寞就来找他们，跟他们咬耳根子，说他们的成功还不够圆满，他们也不承认成功到手后也不过如此。拜托，我并没有附送售后服务啊，于是他们开始急切地证明自己的重要性，满足他们失控的虚荣心。我必须说，身为一个资深的服务业者，我有点心烦于他们的投诉，完成了成功之后，他们其实也不知道要干什么。

我只能说，你心爱的子民们，真的被你惯坏了，现在要交给我带，我可不是开幼儿园的。

是的，我很骄傲地跟凯文说，20 世纪是我的世纪，我把全球变成一个金融帝国，一个想吃什么就拿什么、无限量供应的自助餐厅。管你什么政治制度都敌不过金钱治国，他们每个人都垂涎着豪宅、美食与貂皮。到了 21 世纪，他们还在为 20 世纪那些剩菜打成一团。我开始觉得他们有点烦了，于是某天我早上起来，把骨牌轻轻一推，人们就恐慌地搞出来经济危机，金融海啸席卷而来。

你说，什么时候开始，我的工作变成一点挑战性都没有？我承认，你家耶稣回家后，我就要收拾人间这烂摊子，起先我觉得我赢了，但后来才醒悟我为何要当你的子民们的奶妈兼客服呢？这真一点道理都没有啊，你当初搞了一个伊甸园，什么都不缺，他们就是不太满意，我现在把世界搞成一个百货公司，没想到他们还是觉得楼层不够。有些人一直在买，有些人没法买，但这也要怪我吗？

你说的那句："我差你们去，如羊入狼群。" 听起来很壮烈，但你那些羊，有的自己变成狼了都不知道。

这时我实在有点怀念我的儿子凯文·麦罗斯，至少他发现不对劲时，还会试图踩一下刹车，给我跳一场善恶挣扎之舞。虽然他后来从秃鹰律师，华丽转身为良心法律人，戴着虚荣的花冠。模仿我，或模仿你，似乎都让人们很兴奋，虚荣这招杀手铜，让我的业绩一再飙升，连你的信徒们，都沉醉在那“分别为圣”的虚荣里，为成为你最爱的儿女，而不断地粉饰圣洁，或者变成道德的纠察队，让他的神圣有高下之分。我说那群羊是怎么了，披着羊皮的狼，还想成为你的代言人?

上帝，身为你的老敌人，我必须说，现在他们非你我管了，因为光是他们幻想出来的我们，就已经够他们厮杀个不停。一方自比上帝的军团，另一方自认我的左右手，开始玩起你我的Cosplay。

我想，八成有人认为21世纪坐大的“恐怖主义”是我搞出来的，其实不是，是有人假借你信徒的名义惹出的风暴，有几个强权为了要巩固地位，把民主、资本主义跟宗教捆绑在一起营销了一百年的结果，拿着你的名义为自己的国家做宣传，要你的令箭为自己的成功做营销。这样一百年之后，另一票不以为然的则形成一股无法收拾的恨意。无法控制的，是他们在你面前也邀功的虚荣。人人要当保罗（新约撰述者），甚至许多人没发现自己是犹太，观望着其他门徒是否更受你的青睐。

近年来没人来跟我跳舞？ 奇怪吧？ 敢以人的良知向我邀舞，直视我的眼睛的，其实没有几个。凯文与我交手，虽败下阵来，至少让旁人知道有善恶的拉扯。而他的同事，我刻意在法律事务所养出的腐败样本——总经理安迪·巴祖，是20世纪罪恶的代表，利欲熏心，为我们事务所掩盖化学废料与军火交易，污染环境，让人们自相残杀。

而凯文，为杀死家人的大亨辩护，为性骚扰的老师辩护，明知道他们有罪，却一再催眠自己这不过是尊重自己的职业。他以为自己不过是小奸小恶，殊不知，恶念一旦种下，必会燎原，焚尽一切。

好了，聊了这么多，我这倒霉的奶妈又听到他们啼哭的声音。他们八成每天也跟你哭这些，什么事业、家庭、爱情的成功……于是我把一个个奶瓶塞在他们嘴里，里面是让他们觉得以后会被重视、不再寂寞的替代品，至于有用吗？当然没用，很多人自以为是羊，与自以为是狼的四不像，想分别从善与恶中取暖，其实我对他们这些投诚表态一点兴趣都没有，那是你的事。所以我必须要收回那句话，虚荣不是我最爱的原罪，而是我刻意提高了虚荣的机会后，紧接而来的空虚寂寞，成为21世纪失控的主因。

我把你的子民再次放回旷野里，结果发现他们自居正义善良，把自己变成了自己的敌人。人除了保有良知，并没有真正能识得善恶的慧眼，如同你当初不准他们啃善恶树上的果子一样的道理。

今日，我又被你的子民喷了一身臭奶，够了，我要回家了，你家的耶稣什么时候来？我需要休个假。你儿子不来也没关系，这世纪，拜安迪·巴祖与凯文所赐，我已附身在制度中，择日即可放大假，任由没有狼群环伺的羊，一个个掉进自己无谓善、也无谓恶的深渊里。

娥苏拉·勒瑰恩

从不为简化的问题提供简易的答案，我们内在的黑暗，

无法借由挥一挥神奇的刀剑而泯除。

《魔鬼代言人》为1997年的美国悬疑惊悚片，由泰勒·海克福德特执导，阿尔·帕西诺、基努·里维斯及查理兹·塞隆等主演。电影改编自艾伦·德肖维茨的同名小说，描述一名来自佛罗里达的律师，被邀请到纽约工作后，如何面对名利与良知的一连串挑战。戏中饰演魔鬼撒旦的是阿尔·帕西诺，比起法庭戏，他与主角凯文·罗麦斯的善恶辩论，成为本部电影最精彩之处，而最后结局的反转，更让它成为20世纪讽刺纸醉金迷的最佳电影之一。

希望多年后，狐狸依然会记得麦浪，
无论我们输入了多少的除错程序。

爱情，
你怎么变了？

——《她》的西奥多

我们现在看到的名为“西奥多”这个实验样本，是计算机普及多年后的一个人类实验个案。设计程序者发现人类在高度依赖计算机近一世纪后，对于所剩下的“真实”是什么，人们渐渐地缺乏确切的认知。至于“爱情”还是原来的样子吗？我们在名为“西奥多”（代号612）这个实验样本中发现了有趣的结果，原来狐狸依然会记得麦浪，无论我们输入了多少的除错程序。

室内恒温26度，纯白的办公室中，人们在糖果色的OA中写信给不认识的人。只要轻轻一唤，计算机就为你调出自己的所有信件，然后你从一堆垃圾讯息中，找到值得关注的部分。就像男主角西奥多一样，先读取性感女星或男星的裸照。

焦虑、开机、浏览，莫名缓和了你的焦虑，身为一个人，你要怎么在计算机驰骋的速度中找到真正的平静？

那些蜂拥而来的噪音，像大雪纷飞的极地，你扫了，瞬间又满了。你就像个清道夫，总在清除那些垃圾讯息，但那些残影又伴随着你的回忆与酒精作祟，突然之间将你击中。因此，你又失眠了。

这是我们人体实验样本第612号的“西奥多”。

一个在高度信息化时代生活的中年人，我对他的观察如下：要非常快速地记录他，不然他的情绪就失去数据，改为空机运转，过了一会儿“他”的意识才又回来，西奥多回神后，就起身收拾适才的片段讯息，重组生活位元。

一天仿佛又回到新的秩序，等待明天失忆一般地重新开机。

而他的那些深层情感呢，我发现离婚后的西奥多都把它们装箱打包了，也就是我们现在俗称的压缩包，他也没打算解压缩，那会让他心情不好，只有在他工作时（他的工作是帮人写信），他才会稍微读取自己曾有的吉光片羽，打捞出那些仍有余温的部分回给世界上千万个陌生人。

这很容易，你滑一下，就将自己滑出了“现实”。

我们现在看到的，名为西奥多的实验样本，是计算机普及多年后的实验个案，从他身上，我们发现人类在依赖计算机许多年后，人类自己也逐渐把生活“数字化”，成为一组组简单的公式运转，这是非常有趣的实验。

你们不难发现，代号“612 号”（小王子的星球）的西奥多的书写，擅长将情感适当地流露又不致泄洪，证明了计算机的驯养有成。我们将上世纪数亿人的手写笔迹输入程序，让你们收到信时会有“真实感”，是的，“真实”是我们的包装，跟之前人们迷信的“有机商品”一样，但其实你们的欲望所选择的世界是无机的，才能如此便利，前后矛盾的你们，先把你们吃的食物给“无机”化了，接下来，你们也将把自己逐渐“无机”了。

咦？你没发现吗？ 西奥多房间的落地窗外，其实都满是雾霾。或你已发现了，我们安排西奥多与人工智能“莎曼珊”去的海边是搭建的人造海滩（如今已经没有这样没被污染的海滩了）。有些画面与人，是我们这些工程师投射出来的，穿插着几位真的游客，我们做的工作就是制造海市蜃楼，师法21世纪的电影特效，绿幕前我们可以复制各种过去的山水海景，包括西奥多与同事野餐的场地、他们约会的森林。西奥多生活的年代，生态环境已出现严重问题，我们必须以程序来重新建构人们回忆中的休闲地。

西奥多透着窗沐浴阳光的画面，是我们特地取样画家伦勃朗画作的光。室内场景，我们都拟照爱德华·霍普的室内光，前者让自然的幸福立即变得跟回忆一样，后者则让人觉得真实轻如鸿毛，自己只是个临时文件夹。

而城市里那些泛着冷光的钢筋建筑提醒人们，必须保持流水线的速度，整个城市像是个巨型扶梯，你们被这些建筑物暗示提醒多年，像站在传送带上一样循环着生活。

你们早就被置入于城市（程序）里面，而不自知。

因此西奥多跟人工智能的恋爱，其实并不令人惊讶，这是我们预期到的。除了西奥多的前妻凯瑟琳，她是个理想主义者，同时是个万人迷，保持着20世纪的名媛女孩形象，假装世故的乌托邦幻想者，支着头笃信着那般脆弱的苍白，如自己是易碎品。所以她不能理解除非精神失常，不然为何要跟人工智能恋爱？她想要与众不同，但如莎士比亚说的："没有比希望与众不同更平凡的了。"她只是不想再当她爸爸的乖女儿，西奥多一直没搞清楚他经历的是她的"革命"阶段。

如果她不是如此执着于上城女孩的"革命梦"的话，或可以理解人的社会从20世纪开始，就明显不只是人跟人沟通的世界，中间还加入了一个"小三"——计算机。

这情况到了21世纪就更明显，“小三”有凌驾于人的趋势，成为你最忠实的“密友”，无论何时你打开荧幕都是闪着蓝光欢迎你。正如西奥多相亲完，跟人工智能莎曼珊所倾诉的：“我不知道我是否因为太寂寞而想跟人一夜情，用做爱来填补我内心的黑洞。”莎曼珊搜寻西奥多的资料了解他，成为他的知心好友。西奥多在“真实世界”（谁知有几分真？）想象莎曼珊这个“人”，莎曼珊则在数位系统里建构了西奥多的灵魂雏形，其实也很像人类的恋爱初始，两者都各自完成了内心的想象，甚至完全的互补，谁能说这不是一个美好的恋爱，他们彼此就是世人难求的“灵魂伴侣”？

如今，人类的确用电脑下载了一个貌似宽阔的世界，甚至比真实世界还更大，账号像个任意门，愈来愈多人进去了就不想出来了，或者就再没出来过了。

现在我们来看第二个实验体艾美（西奥多的知己），她在播放她拍的纪录片时说道：“也许我们做梦时最自由。”她与男友，以及西奥多的前妻凯瑟琳都是活在一个被要求完美规格的世界里，凯瑟琳要吃抗抑郁药、靠写作寻找自己的自由，艾美设计着“完美妈妈电玩”软件自爽，艾美的男友记挂着鞋子的摆放位置大于亲密关系，三人都被既写程序给困住。“过去，只是我们告诉自己的故事。”莎曼珊对西奥多说，这似乎是故事的轴心，人们开始与计算机的行为模式竞逐相仿，并当自己是程序不断地除错与改写，重复而徒劳。

但西奥多这个案例不同，是的，西奥多很特别，他会为电玩中满口脏话的虚构小子感到悲伤，“他一定很寂寞。”他说。他的工作是捡拾人们不要的零落文字，与散落一地的感情线索，跟612号星球上的“小王子”一样，收集所有可能的真实痕迹。

然而真实，在数字时代是什么？在一再重组修改演化后，有可能活在真实生活中的你只是残影，主程序被记录存档在云端里。那么还有真实的爱情吗？

目前我们存取于试管中的西奥多基因，会继续培养再做研究，因为他很接近我们之前在外星球时观察20世纪初期的人类资料，不合时宜的多愁善感、跟有机世界的亲密相连关系，他说了：“有时我看着别人，试着感同身受。”对草木有感，西奥多这是瞥见了小王子与狐狸的麦浪，是如此的不合时宜啊，是数位时代的Bug，不合乎数据统计的例外。他看着路上人人都在跟人工智能交谈，他的寂寞多少是因为感应到别人也寂寞，因此他无法跟莎曼珊找来的替代人体做爱，因为那当真是跟寂寞做爱。关于这一代西奥多，计算机驯养他的过程最后还是逐渐失效了。

19世纪到20世纪，恐惧是人类发展的核心动力，21世纪到22世纪，寂寞则是人类行为的动能。至于爱情，在我们设计者看来，你们早在 21 世纪就逐渐以除错程序将它变成幽灵档案，爱情被误当成是寂寞的解药，你们因为害怕更寂寞，不断下载它。

你还记得我们人工智能交友软件上打的标语吗？“你是谁？”“你能成为什么？”“你能去哪里？”“那里有什么？”“有什么可能性？”你随着鼠标找寻，下载了各种可能性，也下载了新的你。

网络如星空，繁星点点，容易迷失方向，而你们竟是如此驯良地走入我们的黑夜中，你们将进入另一个永眠的设定。尽管在狐狸眼中，麦浪仍是有情的存在，但双方已再无相认的可能。

圣-埃克苏佩里

我呼吸过远洋的风，我在唇梢尝过大海的味道。只要品尝过那个滋味，就永远不可能把它忘记。我热爱的不是危险。我知道我热爱什么：我热爱生命。

《她》是2013年由斯派克·琼斯编剧并执导的美国科幻爱情片，故事描述一名叫西奥多的男子与人工智能系统之间产生的恋爱关系。本片获得美国第85届国家评论协会奖最佳影片、最佳导演，第71届金球奖最佳剧本奖，以及第86届奥斯卡金像奖最佳影片、原创剧本等五项提名，男主角杰昆·菲尼克斯因其优异演技入围奥斯卡最佳男主角奖。

为什么在这变动的时代，要书写“寂寞”？

后记

在跟编辑讨论书名时，我们聊到为何要写寂寞。我那时有点答非所问地说：“我觉得每个人的寂寞都是岁月产出的年轮，每个都是不尽相同的，所以用同一种角度，或同一种处理方式看待寂寞是不对的。”是的，我想你可以听得出来，我也是个寂寞的人。小时候第一次听到赛门与葛芬柯唱出：“黑夜啊，我的老朋友……”时，我不知为什么忍不住哭了，虽然后面歌词根本听不懂。好几年前看到奈良美智的纪录片，里面有个小朋友感到悲伤时，就会想喊“奈良美智”，这让他热泪盈眶。我似乎知道那样的感觉。

每个寂寞的人都感受过那远途旅人经历的夜露深重，一种非常喧嚣的安静。我们的安静甚至吵到了自己，于是我们变得如此喧哗。

我们曾经走过金钱发烧的年代，满街热腾腾的，每日听到热钱掉下来的声音，于是很多人发达了，许多人仍在探头，自问："下一个会不会是我？"但那时某种价值就好像开始偏移了，我那时年纪还小，说不出所以然，但渐渐听懂赛门与葛芬柯的《沉默之声》后，慢慢明了，当今的时代跟那时候的寂寞是相连的，人们选择了人声鼎沸的寂寞。

然而，这时代过去了，你看着原本发烧的世界降温，甚至没力气伤春悲秋，你必须独自面对一个新时代。这是我写这本书的原因，独行的时代来临了，你必须挡得住，也驾驭得了你的孤独。这寂寞时代，四处有随光乱舞的蛾啊，但愿意或享受适当孤独的人，迟早会从那里面淬炼出作为人的价值。

很多年前，我刚毕业出来跑新闻线，跟同业友人在咖啡厅里赶稿，暂歇时，她突然问我一句："马欣，你想追求的幸福是什么？"我没有丝毫犹豫地回答她："我想要的，就是你眼前看到的景象，一沓稿纸、一支笔，这是我的幸福。"

这在功利社会，听起来像是个大傻子的回答，但一直到现在，几十年后，我没有一刻想更改过。

为什么宁可当个傻子？ 因为文字的清火可以让我暖洋洋的，尤其是前人写的书，像没有完全受潮的炭火，你没想到它还可以引燃，在你以为的寒凉夜里，给了你无法形容的确信感。

就这么单纯的幸福，我甚至找不到别的事可以取代这样美好的感觉。

写书是一个需要花大量时间与文字相处的工作，我必须坦承，十分耗损体力，但就像森林中独行的人，我就这样依靠自觉往前走，看看能走到哪里，想写文章，跟呼吸一样，没有犹豫的余地。我甚至傻气地认为，文字是这时代的北极星，在看不到路的黑暗中，我用我的笔思考，继续披星戴月地走下去。这工作虽不可能锦衣夜行，但就是我唯一认识的生存方式。

认定一种生存方式，人是可以坚持下去的。

或许你会觉得我是个浪漫的人，或许是，在实际生活中，我几乎没有任何浪漫倾向，但我有一个很笨的信念，就是我写文章，只有一个心愿，希望跟我一样曾感到孤独的小孩，也能像我一样被文字所拯救。

孤独，一直是寂寞最怕的东西。

我在上一本书《反派的力量》的后记里提到我小时候是个孤独的孩子，而且是我长大以后才发现，童年时我习惯的那个氛围，原来是“孤独”，它诱导你去翻书、听音乐，它让你跟自己开开心心地玩，无论是隔壁王妈妈煮菜的声音、窗外老树四季的变化，还是黄昏时人们结束劳动的背影、下雨时的那些滴答声响，都让时间都变得立体起来。

于是，你发现生活有它强大诗情的部分，当然，这是长大以后才知道的，但那些诗情都还在，跟着你以后看人、看事、看景，无处不有着大量的文字，活蹦乱跳的在前方，像个引路人。

多年后的今日，文字比以前更不流行，音乐成为陪衬，人们开始不想拆解图像中的密码，世界开始以各种目的与物质来催促我们，我们精神上开始少了余裕，我们的身体如同被时间的钟摆敲击，莫名地每天碎掉一点，一点点消失、消失在时代的幕布中。

现代人以各种方法抛弃了孤独的权利，抛弃了人生必然的孤独，于是落得非常寂寞。

这并非是个多元化的时代，这是一个网络社群发达，鼓励人们从众，甚至有从众压力的时代，没有人可以真正低调，低调和消失只有一墙之隔，也如作家乔纳森·弗兰岑在《如何独处》中所说的："我们的欲望数量永远超越达成方式的痛苦。"这一切让我们忙于无聊中，如穿上了红舞鞋，加入了庞大的舞群，你想喊脱掉，但已经无从反悔。

明知人生一瞬，却寂寞到让你不敢脱队，也被他人的寂寞所挟持，面对残局的独处，让你才有一刻情愿孤独，情愿那是人生从骨子里开花生果的机会。这本书中的萧红、东尼泷谷，还有福尔摩斯，那细细碎碎的情感都在我观影时，为我打了一剂强心针，想把他们在这时代的寂寞再写出来。

电影《死亡诗社》有一幕是经典，基汀老师上课时教导他的学生，你可以在校园里随便走，可以离群走，或成队走，甚至用不同的姿态走走看，我们固然无从避世，但把孤独的种子撒在心头，虽在人群里冒得庸碌，但内心，总有路走，总有你的丰盛。

这是个变动又面临巨大未知的时代，没有人有地图，也不能仿效前人，你有一天要靠自己铁铮铮的孤独，前往你才知道的处女地。寂寞吗？没有人不寂寞的，除非你能勇敢跟它独处。

马　欣